Début d'une série de documents
en couleur

0

LES
PÊCHEURS DE PERLES

DANS LA MER ROUGE

d'après l'allemand d'Herchenbach

PAR L'ABBÉ GOBAT

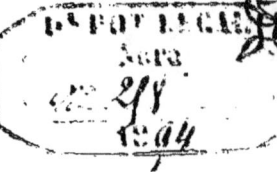

~~~~~~~

Ouvrage orné de gravures.

~~~~~~~

PARIS

rue des Saints-Pères, 30

J. LEFORT, IMPRIMEUR, ÉDITEUR

A. TAFFIN-LEFORT, Successeur

rue Charles de Muyssart, 24

LILLE

LILLE, TYPOGRAPHIE A. TAFFIN-LEFORT.

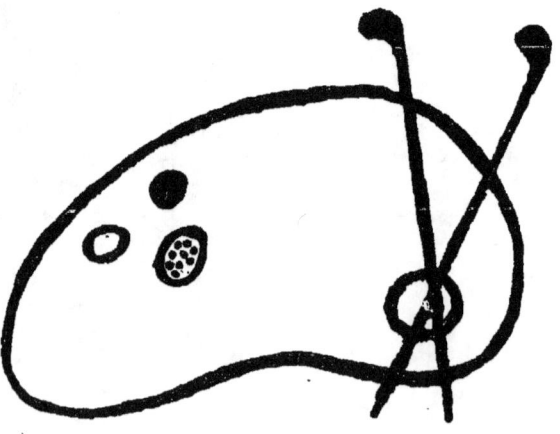

Fin d'une série de documents
en couleur

LES

PÈCHEURS DE PERLES

DANS LA MER ROUGE

In-8° 3e série A.

Ce qui les intéressa surtout ce fut une forteresse armée de deux canons dont la gueule était tournée vers Gof.

LES
PÊCHEURS DE PERLES

DANS LA MER ROUGE

d'après l'allemand d'Herchenbach

PAR L'ABBÉ GOBAT

———

Ouvrage illustré de gravures.

———

PARIS
rue des Saints-Pères, 30

J. LEFORT, IMPRIMEUR, ÉDITEUR

A. TAFFIN-LEFORT, Successeur

rue Charles de Muyssart, 24
LILLE

LES
PÊCHEURS DE PERLES

DANS LA MER ROUGE

I

Les mines de pierres précieuses.

La côte africaine qui borde la mer Rouge est, dans toute sa longueur, hérissée de chaînes de collines plus ou moins élevées, dont les sommets viennent rompre l'uniformité stérile du rivage, en offrant quelques variations à l'œil qui n'aperçoit auprès de lui que le sable et le désert. Dans l'antiquité, ces bords étaient couverts de villes riches et industrieuses; aujourd'hui, l'on n'y rencontre que de misérables villages habités par une population indigente, et de pauvres ruines ou quelques tas de briques indiquent seules la place où des milliers d'hommes trouvaient autrefois le bien-être. En parcourant une carte de l'ancien monde, l'on y voit une foule de noms complètement inconnus aux habitants de nos jours, soit que les conquérants aient détruit ces villes, soit qu'on les ait dénommées autrement.

Deux causes ont principalement contribué à la disparition regrettable de cette antique splendeur : les bancs de coraux et les Turcs. Les premiers ont pris de siècle en siècle une plus grande extension ; comblant des baies, formant des îles, se soulevant en récifs, ils ont rendu les ports inabordables et ont envahi les côtes, en sorte que des villes, bâties autrefois sur le bord du rivage, se trouvent maintenant au milieu des terres.

De leur côté, les Turcs ont complété la ruine.

L'histoire du Moyen-âge nous apprend, en effet, que partout où ils ont posé le pied, les contrées les plus florissantes sont devenues des steppes stériles.

Sur les flots verts de la mer Rouge, se balançait mollement un sambuk, navire arabe utilisé par les habitants pour aller d'une côte à l'autre. Ce bateau, construit suivant un art tout primitif, avait son avant très bas et taillé en pointe, tandis que l'arrière était large et un peu plus élevé. Cette partie était ornée d'une cabine dans laquelle on entrait en rampant et qui offrait difficilement place à deux hommes. On aurait pu s'en passer facilement d'autant plus que, manquant de porte, elle n'offrait aucun abri contre les rayons du soleil.

Le lourd bâtiment marchait avec une extrême lenteur en se tenant près de la côte : il n'aurait pu se hasarder au milieu de la mer, ayant trop peu de voiles pour résister à une tempête. Par contre, il offrait l'avantage de pouvoir se réfugier rapidement dans une anse en cas de danger ; son tirant d'eau était très faible, et les matelots connaissaient la côte comme un postillon connaît sa route.

Le sambuk n'avait pas de pont, et d'un coup d'œil on pouvait compter l'équipage composé du capitaine Aglas, de son fils Hamed, du pilote Raschid, de six matelots et du mousse Nogara.

Le capitaine se tenait sur le toit de la cabute, et, les mains lui servant d'abat-jour, examinait la côte.

« Siket-Djébéli est en vue, dit-il. Nous jetterons l'ancre dans le port : la nuit va venir ; il faut éviter les bancs de coraux qui pourraient être dangereux dans l'obscurité. »

En ce moment, deux hommes sortirent de la cabine ; à leurs vêtements on les reconnaissait pour des Européens. Le plus grand était d'une taille élancée ; son visage emprisonné dans de blonds favoris trahissait son origine britannique ; l'autre, plus petit, mais très agile, avait des yeux vifs qui dénotaient une prompte résolution.

« Snowdon, dit celui-ci, tu parais de bien mauvaise humeur : on dirait que le voyage sur la mer Rouge ne te plaît pas beaucoup. Et cependant, en partant de Londres, il te tardait d'avoir l'Europe derrière toi.

— Ah ! si j'avais pu soupçonner ce qu'il fallait souffrir sur ce sambuk, j'aurais regardé à deux fois avant de lui confier mes membres. Toi, Van Steen, tu pourrais loger au besoin dans une boîte à chapeau, mais moi, avec ma taille ! Il me semble que l'on a roué de coups chacun de mes membres. Et la nourriture ? oui, parlons-en : jamais je n'ai si mal mangé. Vous autres Belges, vous savez vous contenter de tout ; mais mon estomac d'Anglais n'est pas accoutumé à une semblable cuisine.

— Vraiment, Snowdon, tu es bien à plaindre, répondit Van Steen en riant. Je ne vois cependant pas comment nous aurions pu faire pour visiter d'une autre manière les côtes de la mer Rouge.

— Pourquoi ne pas prendre un bateau à vapeur ? Nous y aurions eu toutes nos aises.

— Sans doute, nous serions même restés toujours à trois milles de la côte, et nous n'en aurions pas vu davantage si nous étions restés à la maison.

Mais nous sommes venus pour connaître le pays, et puisque nous ne pouvons le faire aussi facilement que sur le cours de l'Escaut, il faut nous réconcilier avec les difficultés, et faire bonne mine à mauvais jeu. »

Snowdon aimait bien à se plaindre de tout ce qui le contrariait, mais quand la nécessité l'y forçait, il savait aussi s'accommoder aux circonstances ; l'humeur joviale de son compagnon fit disparaître son mécontentement.

« Où sommes-nous ? demanda Van Steen en arabe au capitaine.

— A Siket-Djébéli, répondit ce dernier.

— Nous approchons des ruines de Bérénice, dit le Belge à l'Anglais. C'est là que nous nous arrêtons. Le capitaine ne s'y opposera pas : dès que le soir viendra, il sera content d'aborder.

— Faut-il donc rester ici plusieurs jours? je t'avoue que je guetterais très volontiers l'occasion de monter à bord d'un bateau à vapeur pour échapper à cette horrible vie sur un étroit sambuk avec les Arabes ainsi qu'à leur cuisine. Depuis que nous avons quitté l'Hôtel Anglais de Suez, je n'ai plus mangé un beefsteack convenable, et je commence à sentir que le soleil et la faim me dessèchent.

— Et tu n'as pas honte de parler ainsi? riposta Van Steen. Ce n'est pas pour bien manger que l'on doit se mettre en voyage ; il fallait rester à ton club. Du reste, je ne sais ce que tu as à réclamer. Jusqu'à présent, nous avons suivi tous tes plans ; on n'a fait que ce que tu as voulu. Tu t'étais promis monts et merveilles de ce voyage, et maintenant tu veux y renoncer par suite de quelques inconvénients ? Non, non, cher ami, il n'en sera pas ainsi. Nous irons jusqu'au bout, dussions-nous devenir aussi secs que du bois. »

Le capitaine Aglas ne comprenait rien à cette conversation qui se faisait en anglais. Sans détourner la tête, il fixait l'intérieur du golfe. Tout à coup, il commanda de doubler le promontoire. Le navire fut très lent dans ses mouvements, et l'ancre ne tomba qu'avec le dernier rayon de soleil. Le rivage était plat et sablonneux ; vers l'est seulement s'élevait une petite colline d'où l'on pouvait jouir d'une vue très étendue.

« Ce sont les ruines de Bérénice, dit le capitaine en les montrant du doigt.

— Bien, répondit Van Steen, c'est là que nous passerons la nuit. Mon ami y trouvera une place suffisante pour s'étendre, et il y aura un certain charme à dormir entre ces ruines où les vieux Ptolémées étalaient autrefois leur gloire. Apporte-nous comme nourriture tout ce que tu trouveras.

— Laisserons-nous nos bagages sur le bateau ? demanda Snowdon à voix basse. J'avoue que je n'ai pas grande confiance à toute cette bande-là, et quand je je regarde attentivement l'équipage, il me semble toujours que nous nous réveillerons un beau matin la gorge coupée.

— Ce serait un réveil original, répondit Van Steen. Au reste, je trouve qu'à l'étranger il faut se séparer le moins possible de ce qui nous est nécessaire. Pour ma part, je tiens ces Arabes pour d'honnêtes gens, mais pendant la nuit il peut survenir une tempête pour submerger leur coquille de noix ou un accident qu'il est impossible de prévoir.

— Hé ! cria-t-il à un matelot, apporte nos valises. »

Le sommet de la colline était couronné d'un ancien temple. On dressa la tente contre une de ses parois, tandis que les nègres construisaient un foyer avec quelques pierres. Bientôt la flamme s'éleva du sein des feuilles sèches, éclairant les bizarres contours qui les environnaient. Peu à peu, l'on entendit bouillonner l'eau dans les casseroles ; mais Snowdon n'était pas très rassuré sur les résultats de l'art culinaire des Arabes. Cependant la faim donna du goût à toutes les sauces, et l'Anglais déclara que, depuis le départ de Suez, c'était le premier festin qui satisfît son estomac.

Après s'être rassasié à son tour, l'équipage retourna au sambuk, et nos deux voyageurs s'arrangèrent aussi bien que possible dans la tente qui les abritait. Par précaution, ils bouclèrent leur argent dans une ceinture autour du corps, et mirent leurs révolvers à portée de la main, afin de pouvoir les saisir au premier bruit suspect.

Snowdon ne tarda pas à s'endormir. Quant à Van Steen, il songeait au lendemain et à l'emploi de leur journée. Bientôt ses yeux se fermèrent de fatigue. Tout à coup un pas léger le réveilla : il saisit ses armes et tendit l'oreille. La lune filtrait à travers la porte de la tente, et son éclat illuminait comme en plein jour la partie opposée de la colline. Une ombre noire rampait sur les pieds et les mains avec la plus grande prudence. Le Belge crut d'abord que c'était un animal du désert, mais peu à peu, il reconnut que c'était un homme dont les reins seuls étaient enveloppés d'une légère draperie.

Arrivé près du foyer, celui-ci se releva avec précaution et regarda du côté de la tente. Voyant que tout y était tranquille, il plongea la main dans la casserole, en retira une poule destinée au déjeuner, et la dévora en un clin d'œil, toujours prêt à s'enfuir. Quand il eut fini, il visita les autres marmites et poussa un long soupir de découragement en les trouvant vides.

« Cet homme n'est pas dangereux, pensa Van Steen, il ne songe qu'à apaiser sa faim. »

Et pour s'en convaincre, il se mit à tousser.

Le visiteur nocturne releva la tête, sans faire mine de s'éloigner ; il fixa même attentivement l'abri des voyageurs comme s'il avait envie d'y faire une perquisition après avoir satisfait son appétit.

« Eh là-bas ! cria Van Steen dans la langue du pays, si la poule t'a convenu, va-t'en. Si tu restais plus longtemps, une balle pourrait se loger dans ton corps.

— Étranger, dit le visiteur, laisse-moi pour cette nuit reposer dans ta tente. »

Accorder une telle demande eût été une imprudence impardonnable.

« Va-t'en ou je tire ! » cria le Belge.

L'homme ne se le fit pas dire deux fois. Il disparut avec la rapidité de l'éclair sans bien choisir son chemin ; on entendait le gravier rouler derrière lui.

Van Steen se rendormit, et la nuit s'écoula sans autre incident, jusqu'au moment où les matelots vinrent réveiller les voyageurs en leur annonçant un temps favorable pour continuer la route.

« Nous ne partirons pas aujourd'hui, dit Van Steen. Ce n'est pas pour nous balancer sur les flots verts de la mer Rouge que nous sommes venus, mais pour apprendre à connaître ses rivages. »

Le capitaine ne parut pas content de cette décision, et son fils Hamed répondit que si on les avait prévenus, ils auraient pris leurs engins pour passer leur temps à pêcher des perles.

« Nous avons fait marché ensemble, reprit Van Steen, et vous êtes à notre disposition aussi longtemps que nous le voudrons. C'est donc à nous de fixer les endroits où nous nous arrêterons. »

Hamed devint plus souple et demanda combien de temps l'on pensait rester à Bérénice.

« Au moins trois jours, peut-être quatre, » répondit Van Steen.

Hamed demanda la permission d'aller chercher son attirail de pêche et le personnel nécessaire pour l'aider dans ses travaux.

Snowdon secoua la tête d'un air inquiet : l'idée d'être plus serré sur le sambuk ne lui souriait pas du tout, mais son ami qui profitait volontiers de toute occasion pour s'enrichir de connaissances, lui parla si éloquemment, qu'il finit par consentir. Heureux de cette permission, Hamed courut vers son père pour lui en faire part, et celui-ci, pour témoigner sa reconnaissance, fit remplacer la poule volée par un déjeuner somptueux, reprit les malles à bord et cingla vers le sud avec ses gens, promettant d'être de retour à l'aurore du quatrième jour.

Après le déjeuner, nos voyageurs parcoururent les ruines de l'ancienne ville. Ce n'étaient guère que des briques et des débris de poteries. Çà et là on rencontrait quelques assises de fondations au milieu desquelles s'élevaient de misérables cabanes habitées seulement pendant la saison où l'on rencontrait au bord de la mer de l'eau potable.

Le temple aux parois duquel ils avaient appuyé leur tente, était construit en gros blocs de calcaire et à peu près enseveli dans le sable ; impossible de pénétrer à l'intérieur pour y surprendre les mystères d'un culte oublié depuis longtemps.

A force de chercher au milieu des monceaux de débris, nos voyageurs trouvèrent encore des clous en cuivre, des morceaux de statuettes en bronze et quelques monnaies romaines.

« Voilà, dit Van Steen, tout ce qui reste de l'ancienne Bérénice bâtie trois cents ans avant Jésus-Christ par Ptolémée-Philadelphe en l'honneur de sa mère dont il avait donné le nom à la ville. Malheureusement nous n'avons aucun document pour connaître son histoire ; il est à craindre que dans quelques années le sable de la mer ne recouvre les dernières traces de ses ruines, et l'on n'aura plus qu'une vague idée de la position d'une ville autrefois si puissante par sa position et son commerce. Ainsi passent les ouvrages de la main des hommes !

— Londres excepté, répondit Snowdon : la capitale de l'Angleterre est trop étendue.

— Babylone l'était bien davantage, reprit Van Steen, et cependant il n'en reste que quelques briques et des pierres calcinées. Les générations passeront, les fleuves changeront leur cours, et Londres deviendra un monceau de décombres comme Bérénice qui a vu autrefois des milliers d'hommes remplir ses rues. On s'amusait alors comme aujourd'hui; on bâtissait des villes, on alignait des jardins; le golfe offrait un asile à de nombreux vaisseaux : aujourd'hui, on sait à peine le nom de la ville. »

Longtemps les deux étrangers restèrent en contemplation devant le tableau sans égal que leur présentait la mer reflétant dans ses flots les hauteurs qui la couronnaient, tandis que le sambuk descendait mollement vers le sud.

« Si nous allions à Senskitt ? » dit Van Steen. Après notre pénible voyage, cette petite excursion serait pour nous une agréable distraction, et nous offrirait l'occasion de voir les mines de pierres précieuses qu'exploitaient les Grecs et les Romains.

Snowdon fit quelques objections : il n'était pas rassuré sur ses bagages qui se promenaient sur le sambuk, mais son ami lui rendit confiance.

Les pistolets à la ceinture, ils se dirigèrent vers la montagne de Sabara au pied de laquelle se trouvaient les mines.

Toute la journée ils franchirent des collines et des

vallées au milieu d'une contrée aride, sans rencontrer de quoi apaiser leur faim ou étancher leur soif. De temps à autre ils remarquaient sur le sable les traces des autruches et des gazelles, mais sans apercevoir ces animaux. Harassés de fatigue, les forces épuisées, ils découvrirent enfin vers le soir quelques tentes abritées par un ravin.

« Dieu soit béni ! s'écria Snowdon. Enfin voici des hommes ! Je commençais à craindre de mourir de faim dans ce désert !

— Ah ! nous pourrons bien nous restaurer un peu, reprit Van Steen, mais je crois que tu ne seras pas fort content de la préparation du repas. Regarde-moi cette foule déguenillée ! »

La foule dont il parlait était prosternée la face contre terre, tournée du côté de la Mecque. Bien que les Musulmans eussent remarqué l'approche des étrangers, ils ne changèrent pas de position, et n'interrompirent point leur prière.

« Attendons qu'ils aient fini, dit Van Steen : les Arabes n'aiment pas qu'on les dérange dans leur entretien avec le Prophète. »

Les voyageurs s'assirent à quelque distance, examinant les environs. Auprès des tentes flambait une poignée d'herbes ; des chèvres, des brebis et des chameaux paissaient aux alentours.

« Ce sont des Ababdehs, murmura le Belge. Ce

peuple habite les ravins et les montagnes qui longent la mer Rouge. De Suez à la montagne de Péradjeh, quinze milles plus bas que Bérénice, c'est la seule population que l'on rencontre. Elle se divise en nombreuses tribus et n'a point de demeure fixe.

— Ce sont donc des nomades ! demanda Snowdon.

— Certainement, mais leurs déplacements sont limités par la nécessité. De l'autre côté des montagnes, ils rencontrent une frontière naturelle, le désert qui s'étend jusqu'au Nil. »

Pendant cette conversation, les Ababdehs avaient terminé leur prière, et Medda, le chef de famille s'approchait des voyageurs en leur demandant humblement ce qu'ils voulaient.

« Nous avons faim et soif, répondit Van Steen et nous voudrions passer la nuit à l'abri de vos tentes.

— Qu'Allah bénisse votre arrivée, dit Medda. Il est vrai que les Ababdehs sont de pauvres gens, ne possédant pas de champ cultivé, ne faisant point de commerce, mais les troupeaux nous fournissent de la viande et du lait en abondance pour offrir l'hospitalité à l'étranger comme l'ont fait nos pères. Venez, asseyez-vous près de nos feux, et soyez nos hôtes. »

Les autres membres de la famille vinrent tour à tour faire leurs démonstrations de bienvenue en offrant les meilleures places. Mais Snowdon ne s'assit qu'à contre-cœur en voyant que les enfants, les femmes, les hommes étaient moins propres que le bétail qui paissait aux alentours. Cependant petit à petit il oublia son mécontentement : les pauvres femmes étaient si empressées à lui préparer son repas !

Medda, qui faisait les honneurs du bivouac, présentait à chaque instant un plat nouveau, et les jeunes gens élevaient une tente à l'intention des étrangers.

Ceux-ci, profitant de l'occasion, demandèrent à Medda quelques renseignements sur les mines de Senskitt et sur le chemin qui pouvait les y mener.

« Actuellement les mines sont abandonnées, répondit le nomade; les Grecs et les Romains les ont exploitées il y a deux mille ans. On y trouvait, dit-on, de grosses émeraudes, des rubis et d'autres pierres précieuses en grande quantité, et les voyageurs qui parcourent quelquefois nos contrées racontent que presque tous les tombeaux égyptiens sont incrustés de ces pierres taillées avec un art sans égal,

— Je suis étonné, dit Van Steen, qu'il ne se rencontre personne pour reprendre ses travaux ; on en retirerait certainement de jolis bénéfices.

— Les Ababdehs sont accoutumés à la vie nomade, reprit Medda en souriant : ils n'auraient pas le courage d'abandonner leurs troupeaux pour se renfermer dans ce désert de pierres. Et d'ailleurs dans quel but ? Notre bétail nous fournit le nécessaire ; le surplus ne serait qu'un fardeau, et nous n'aurions aucun avantage à le traiter avec nous. Il y en a parmi nous qui s'embarrassent d'une foule de choses inutiles et sont forcés de se fixer à un endroit déterminé. Eh bien, qu'arrive-t-il? Quand le pâturage est tondu par leur bétail, ils souffrent la faim, et sont bien plus malheureux que nous. Pour nous, lorsque nos bestiaux ne trouvent plus de nourriture, nous allons plus loin et nous revenons dès que l'herbe couvre de nouveau les campagnes. On laisse tous les inconvénients aux habitants des villes et à ceux qui ne savent pas apprécier la liberté. Du reste, il paraît que le travail des mines ne rapporte pas non plus grand profit, car Mehemed-Ali a envoyé des escouades pour les exploiter, et a dû bientôt abandonner les travaux.

— Les habitants n'ont pas l'esprit d'initiative, dit Van Steen; ils voudraient récolter de suite les fruits de leur travail. Mais souvent il se passe des années et des années avant qu'une entreprise rapporte des bénéfices. Il faut donc avoir patience et savoir attendre : quand le succès commence, il dure très longtemps.

— Pourquoi se donner tant de peines? reprit Medda d'un air de mépris. Celui qui a du lait et de la viande, n'a pas besoin d'émeraudes ni de rubis. Les étrangers prétendent que nous vivrions plus à notre aise en cultivant la terre, mais je vous le demande, que nous manque-t-il? En serions-nous plus heureux ? Difficilement. Qui possède beaucoup, craint beaucoup et n'a jamais assez. Les Grecs et les Romains avaient tout ce que leur cœur pouvait désirer, et cependant, aujourd'hui leurs villes sont des ruines dont l'aspect remplit le cœur de tristesse. Qu'Allah soit béni ! nous avons du lait et de la viande : cela nous suffit. »

Ce sont bien là les principes de toutes les tribus nomades, et qui pourrait leur donner tort ?

Medda conseilla aux voyageurs de renoncer à faire la route à pied et s'offrit à leur prêter des chameaux et à les accompagner. Ils acceptèrent cette proposition avec joie et se retirèrent dans la tente qu'on leur avait préparée.

Le lendemain de bonne heure, Medda vint les réveiller. On déjeuna de lait frais et de fromage, puis l'on monta sur les chameaux et l'on se mit en route. Medda, dès son enfance, avait parcouru toutes les ruines ; il connaissait chaque recoin dont il racontait l'histoire, et les voyageurs ne se repentirent pas de l'avoir pris pour guide.

On n'arriva au pied de la montagne que fort tard, et l'obscurité empêcha de visiter les ruines ce jour-là. La tente fut dressée ; Medda se chargea des préparatifs du souper. Au milieu de la nuit Van Steen se réveilla, croyant entendre un léger bruit. Il ne s'était pas trompé. Bien que ses yeux fussent appesantis par le sommeil, il aperçut le même personnage qui avait dérobé la poule dans les ruines de Bérénice ; mais celui-ci ne paraissait pas avoir touché à leurs provisions : il s'était montré tout à coup à l'entrée de la tente.

Van Steen se leva brusquement pour le poursuivre : il ne vit plus rien.

« Tu aurais dû le tuer, lui dit Snowdon le lendemain. Sois sur tes gardes : le vaurien en veut à nos bourses et il ne cessera sa poursuite que lorsqu'il aura une balle dans le corps ou notre argent dans ses mains. »

Van Steen, au contraire, pensait que si l'inconnu avait eu cette intention, il aurait pu facilement profiter de leur sommeil. Quant à Medda, auquel on raconta l'incident, il prétendit que le Belge avait rêvé tout haut. Qui aurait pu avoir l'idée de les suivre pendant deux jours.

En visitant les mines, nos voyageurs découvrirent une quantité de morceaux de quartz renfermant de belles émeraudes et des rubis ; mais Van Steen, qui avait tant désiré voir ces mines, n'éprouvait plus aucun plaisir à les visiter. Il ne songeait qu'au mystérieux personnage qui les poursuivait et il était tout disposé à donner raison à son ami.

« Si cet individu vient encore dans mon voisinage, pensait-il, je ne le tuerai pas, mais je lui donnerai une leçon dont il se souviendra. »

Ils revinrent, sans trop de fatigue, au campement

des Ababdehs, et quand ils voulurent payer à Medda l'hospitalité qu'ils en avaient reçue, le nomade s'y refusa obstinément.

« Que ferais-je de cet or ? dit-il en souriant à la vue du métal. Tu pourras t'en servir chez les Bischaris, qui font de longs voyages avec leurs chameaux et parcourent des contrées où l'on achète pour de l'argent toutes sortes d'objets. »

Snowdon lui offrit alors un morceau d'étoffe, et Medda, ivre de joie, l'enroula aussitôt autour de ses reins.

II

Tentative de vol.

Le sambuk n'était pas encore de retour, on fut obligé de dresser encore une fois la tente sur les ruines de Bérénice, mais Van Steen se promit de dormir les yeux ouverts et de s'emparer de l'homme qui venait troubler son sommeil. Tandis que son ami ronflait sans inquiétude, il resta éveillé, et pour ne pas effaroucher le visiteur nocturne, se tint immobile, tout en promenant ses regards de tous côtés. Le plus profond silence régnait sur la colline et l'on n'entendait que le tic-tac de la montre de Snowdon. Soudain, Van Steen crut percevoir un léger froissement du sable. Il écouta avec attention : quelques minutes plus tard, en effet, le voleur se glissait sur la pointe du pied en s'arrêtant à chaque pas, et sans quitter le Belge des yeux.

Celui-ci eut d'abord un certain frisson et fut plus

d'une fois sur le point de saisir son revolver, mais voulant connaître le but de cet homme, il résolut de patienter. L'inconnu s'avança timidement ne sachant pas sans doute auquel des deux étrangers il allait s'adresser. Enfin, il parut s'être décidé et, rampant par un long détour, vint s'accroupir à côté du voyageur. Van Steen s'assura d'un coup d'œil que le larron n'avait pas de poignard; le voyant désarmé, il résolut de lui laisser toute liberté. Le bandit tâta d'abord la redingote, plongeant ses mains dans chaque poche. Ne trouvant rien, il remit l'habit à sa place en branlant la tête; puis il étendit la droite vers la poitrine du prétendu dormeur dont il se mit en devoir de déboutonner le gilet.

Il fallait une force d'énergie considérable pour laisser faire le voleur sans se trahir. Celui-ci palpa la ceinture que Van Steen portait sur lui et qui renfermait son or, et parut se convaincre qu'il ne pouvait l'enlever sans réveiller le voyageur. Il se frottait le front avec la main, et réfléchissait sans doute à ce qu'il devait faire. Van Steen, craignant qu'il ne prît une arme cachée, sauta tout à coup sur ses pieds, saisit le voleur à la gorge, le terrassa et lui mit le genou sur la poitrine. L'homme, surpris, poussa un cri déchirant qui réveilla Snowdon. L'Anglais accourut pour prêter main forte, et aida son ami à garrotter solidement le malfaiteur.

« Ne me tuez pas, criait ce dernier, j'avouerai
tout : ce n'est pas pour moi que j'agis, c'est dans
l'intérêt d'un autre.

— Qui t'a donc chargé de dépouiller de paisibles
voyageurs. demanda Snowdon, qui voulait mettre une
certaine forme à son interrogatoire.

— Le capitaine Aglas, répondit le voleur en faisant le récit suivant :

« Aglas est mon créancier pour une somme importante, et il m'a menacé de me réduire à l'indigence, moi
et ma famille, si je ne me soumettais entièrement à
sa volonté. Lorsqu'à Kosséïr vous eûtes traité avec lui
pour être conduits à Souakim, il me fit appeler et me
dit :

» — Néleh, l'heure est venue pour toi de payer
toutes tes dettes. Regarde bien ces deux étrangers
pour les reconnaître. Ils ont avec eux beaucoup d'or :
tu les en dépouilleras pour me le donner. Pars en
avant dans une petite barque : tu pourras toujours
savoir où nous aborderons, mais sois prudent pour
ne pas te faire prendre.

» — Aglas, lui dis-je, tu m'imposes des condi-
tions que je ne puis accepter ; j'ai toujours été un
honnête homme, et je veux le rester.

» — Bien, me répondit-il avec un méchant sourire ; reste honnête homme, mais sache bien que je
t'accablerai, toi et ta famille, de tous les maux qui

sont à ma disposition. Personne à Kosséïr n'aura jamais été aussi malheureux que toi.

» — Mais, répliquai-je, les étrangers monteront dans ton sambuk; ils seront jour et nuit avec toi, et tu auras toute facilité pour leur prendre leur argent.

» — Allah me préserve d'une telle folie! dit-il. Le gouverneur de Kosséïr m'a confié les voyageurs, et à mon retour il me demandera compte de ma conduite. Mais si on les dépouille pendant la nuit sur le rivage, en suis-je responsable? Si cè vol arrivait dans ma barque, je ne pourrais pas le cacher, et je serais puni. Décide-toi rapidement : il faut être prêt à partir sur-le-champ!

» Seigneur, je n'avais pas le choix, il fallait obéir, et cependant Aglas ne devait pas atteindre son but. Écoute, voici ce que j'avais résolu : Sans doute, je voulais vous prendre votre argent et le remettre à Aglas ; mais à mon retour à Kosséïr, je voulais tout dévoiler au gouverneur, vous faire rendre ce que je vous aurais pris et me délivrer des poursuites d'Aglas. »

— Quelle histoire me racontes-tu? s'écria Snowdon. Tu es un voleur et tu mourras.

— Grâce! exclama l'homme en tremblant de tous ses membres. Par le Prophète! je dis la vérité. Qui m'aurait empêché de vous assassiner pendant la nuit et de vous enlever votre argent? Reconnaissez vous-mêmes que cela m'eût été facile. »

La manière dont il racontait son histoire avait bien quelque chose d'extraordinaire; cependant sa voix avait l'accent de la vérité.

« Si Aglas savait ce qui m'est arrivé, continua-t-il, ma vie ne vaudrait pas une piastre. Il me tuerait de sang-froid, et vous auriez le même sort. A tout prix, il se débarrasserait de vous pour rendre vos langues muettes.

— Et à ton avis, que devons-nous faire? demanda Van Steen.

— D'ici, la route est libre jusqu'au Nil, et en neuf jours vous pouvez atteindre le fleuve à dos de chameau. Ne soyez pas inquiets de vos bagages; Medda vous prêtera des montures, et je vous montrerai le chemin. »

Snowdon et Van Steen se retirèrent à l'écart pour délibérer.

« Cette idée n'est pas réalisable, dit ce dernier. Nos malles sont sur le sambuk, et elles contiennent nos instruments; nous en avons besoin.

— Il y a encore un autre moyen de sauver votre argent, reprit Néleh. Retournez au sambuk et dites que vous avez été surpris pendant la nuit par un inconnu qui vous a dépouillés. Aglas ne pensera plus alors à vous attaquer une seconde fois, se croyant assuré d'avoir votre argent. C'est à Souakim que je dois le rencontrer ; nous en profiterons pour le prendre dans ses propres filets et le livrer à la justice.

— Peut-être serions-nous plus en sûreté si nous jetions ton corps en nourriture aux poissons, dit Van Steen.

— Je suis sans défense, continua le voleur, et je dois accepter sans mot dire ce que vous déciderez sur mon sort ; mais réfléchissez à votre situation. Si je ne retourne pas auprès d'Aglas, il pensera naturellement que vous m'avez assassiné, et il en avertira les tribunaux. Croyez-vous que les autorités égyptiennes ne vengeront pas leur sujet ? J'ai connu, je vous assure, plus d'un Franc qui a été étranglé pour moins que cela. »

Une telle perspective n'avait rien d'agréable. Nos voyageurs délibérèrent encore et se décidèrent enfin à le laisser courir. Dès qu'on eut détaché ses cordes, il couvrit leurs pieds de baisers et promit de se rendre à Souakim pour livrer aux tribunaux Aglas et ses compagnons.

« Oh ! que je me réjouis, s'écriait-il, de voir cet homme mis dans l'impossibilité de me nuire, lui qui s'est attaché à mes pas comme un mauvais démon. »

Et, se confondant en témoignages de reconnaissance, il s'éloigna, laissant les Européens indécis sur la conduite à tenir. Fallait-il longer la côte de la mer Rouge jusqu'à un port où l'on pourrait profiter d'un autre bateau?

« Mais alors, dit Van Steen, nous perdrons nos coffres avec nos instruments. D'ailleurs, nous pourrions nous égarer dans cette contrée déserte et y mourir de faim. »

On discuta longtemps sans prendre aucune décision, et l'on se rendormit. Quel fut leur étonnement à leur réveil! Tout l'équipage du sambuk les entourait! Impossible de renoncer au voyage : les Turcs auraient pu avoir des soupçons et menacer leur existence.

« Hé! dormeurs européens! cria Aglas, le sambuk est prêt à vous recevoir!

— Aglas, dit Van Steen, vous aurez jusqu'à Souakim de pauvres passagers; pendant cette nuit, l'on nous a volé tout notre argent.

— Volé? demanda le capitaine? Que vous a-t-on volé?

— Tout notre argent, vous dis-je ; il ne reste plus une piastre!

— En vérité, je n'y comprends rien, dit Aglas en regardant alternativement l'Anglais et le Belge. Tout le monde sait que les Ababdehs ne se soucient pas d'avoir de l'argent. On se demande même s'ils ramasseraient une bourse trouvée dans leurs ravins.

— Ce sont les ruines de Bérénice, dit le capitaine en les montrant
du doigt (p. 10.)

— Ce n'est pas un Ababdeh qui nous a volés,
dit Snowdon, c'est un Arabe. Il nous a surpris
pendant notre sommeil, et il nous aurait sans doute
assassinés si nous avions fait résistance. »

La déclaration des voyageurs parut faire bien peu
d'impression sur le capitaine et son équipage. Ces Turcs
se parlaient avec animation dans un langage incom-
préhensible, désignant tantôt le fleuve, tantôt les
ruines de Bérénice, en prononçant plusieurs fois le
nom de Néleh. Van Steen et Snowdon en savaient
assez pour ajouter foi au récit du voleur, et ils
commencèrent à redouter le capitaine.

« Si nous pouvons retirer nos bagages, murmura Snowdon à l'oreille de son ami, nous ferons
mieux d'attendre un autre bateau. Je ne me fie pas
à ces hommes pour naviguer sur un fleuve solitaire.

— Aglas, dit Van Steen, nous sommes convenus
de te payer le prix du voyage à Souakim, mais
ceci nous est impossible, puisque nous n'avons plus
rien. Nos malles, avec nos instruments et notre linge,
composent toute notre fortune, et tu peux en tirer
parti. Si nous allons plus loin, tu seras encore
obligé de nous nourrir. Il vaut donc mieux que tu
nous laisses ici.

— Et comment ferez-vous pour vivre sur cette
côte sauvage? demanda Aglas en riant.

— Les Ababdehs sont des gens hospitaliers; nous en

avons déjà des preuves, répondit Snowdon. Nous irons d'une tribu à l'autre en nous confiant à la Providence.

— Par le Prophète ! s'écria Aglas, vous êtes des hommes bien singuliers. Ne savez-vous pas où conduit un chemin, quand on n'est pas protégé ? Qui vous donne l'assurance que l'on ne vous ôtera pas la vie ? Quand il y a des voleurs, les assassins ne sont pas loin. Et supposé qu'on vous laisse la vie, croyez-vous que chaque jour vous trouverez une famille d'Ababdehs pour vous recevoir ? Les montagnes sont très peu peuplées : souvent vous ne rencontrerez aucune tribu. Celui qui veut voyager dans cette contrée doit avoir des chameaux, des provisions et des serviteurs. »

Toutes leurs objections, Aglas les réfuta, et voyant que les voyageurs persistaient dans leur projet, il leur déclara qu'il était responsable de leur vie et qu'il devait les ramener sains et saufs à Kosséïr.

« Et alors vous aurez fait pour rien une longue navigation ! demanda Van Steen.

— Dans ce cas, c'est heureux que nous ayons pris nos dispositions pour nous livrer à la pêche aux perles, interrompit Hamed. Du reste le gouverneur de Kosséïr nous dédommagera, si vous ne pouvez vous procurer de l'argent. A tout prix, mon père ne peut pas vous laisser partir seuls ; il aurait de trop grands désagréments à son retour. Ne perdons pas de temps : remontons dans le sambuk. »

Le pilote Raschid parla dans le même sens. Les autres matelots et même le mousse Nogara entonnèrent le refrain du capitaine.

« Ces individus sont décidés à nous porter de force sur le bateau, dit Van Steen à Snowdon. Je crois que le parti le plus sage est d'aller avec eux. Nous n'avons rien à craindre pour nos personnes puisqu'ils nous croient sans argent et qu'ils doivent réellement nous ramener en bon état. »

Arrivés sur le sambuk, nos deux Européens allèrent se blottir dans la petite cahute en ayant soin de ne pas perdre de vue le moindre mouvement de l'équipage. Leurs revolvers étaient armés, et ils avaient retiré de leurs malles assez de munitions pour tenir tête à tous les matelots, en cas de nécessité, car ils étaient bien résolus à les tuer tous plutôt que de se laisser égorger.

« Il est bon d'avoir l'œil au guet, dit Van Steen. Chacun de nous veillera à tour de rôle, même pendant la nuit.

— Certainement, répondit Snowdon, mais il faut aussi organiser notre plan de défense. S'ils nous attaquent par la porte, nous pouvons facilement les tenir en échec; mais au-dessus de nos têtes la cloison est très mince, et s'ils l'enfoncent, notre vigilance n'aura pas servi à grand'chose. Du reste, mon ami, la frayeur qu'ils ont du gouverneur est une garantie pour notre vie. Tant qu'ils n'auront pas rencontré Néleh, ils le croiront en possession de notre argent et nous n'aurons rien à craindre. S'ils avaient voulu nous assassiner, ils auraient profité de l'occasion sur les ruines où personne ne les aurait vus.

— C'est vrai, » répondit Van Steen. Mais leur défiance était éveillée, et elle augmenta encore lorsqu'Aglas, avançant la tête à travers la porte de la cahute leur demanda de lui faire le portrait du voleur, et dit en retournant vers ses hommes :

« Ce ne peut être que Néleh! Veillez à ce qu'il ne s'échappe avec son butin. Par le Prophète ! ce vaurien va payer ses vieilles dettes ! Hamed, Raschid et les autres matelots semblaient extrêmement satisfaits ; ils riaient en montrant leurs dents blanches et regardaient de temps en temps du côté de la cahute.

— Ce Néleh a dit la vérité, remarqua Snowdon : vois-tu comme ils sont heureux de savoir l'argent dans ses mains ! Mais attendez, brigands, murmura-t-il entre les dents; nous serons bien vengés en arrivant à Souakim.

— Je ne comprends cependant pas pourquoi ils prononcent si souvent le nom de Néleh : celui-ci nous a tant recommandé de ne pas souffler mot de la rencontre pour ne pas éveiller les soupçons d'Aglas.

— Il y a dans toute cette histoire bien des obscurités ; on ne sait vraiment de qui il faut le plus se défier. En tout cas nous sommes en fort mauvaise société. »

Le sambuk quitta la baie et descendit lentement le long du rivage. Nos voyageurs remarquèrent alors que l'équipage s'était accru de six petits nègres et qu'on avait installé sur le pont une quantité de tonneaux.

A chaque instant le capitaine apparaissait à l'entrée de la cahute, signalant tantôt une baie, tantôt une île, tantôt un rocher de coraux et se plaisant à donner des détails sur les accidents du paysage.

« Je crois connaître le voleur de votre argent, dit-il tout à coup, et j'espère m'en rendre maître. Si je ne me trompe, ce doit être un certain Néleh. Moi-même, il y a un an, j'ai été sa victime à la même place, et cependant je lui avais offert l'eau et le pain de l'hospitalité. Au crépuscule j'ai vu passer son petit sambuk ; malheureusement je n'ai pu l'atteindre ; mais par le Prophète, je le rattraperai : son bateau doit raser le bord et mes hommes ont de bons yeux. Peut-être croit-il nous échapper à Souakim. Ah ! il ne sera pas plus rusé que nous. »

Snowdon était sur le point de lui dire qu'en effet le voleur était Néleh et qu'il avait prétendu agir pour le compte du capitaine, mais Van Steen poussa légèrement l'Anglais du pied, et celui-ci garda le silence.

« Il vient de se trahir, dit le Belge en anglais, si ce fripon savait que nous connaissons ses ruses, il serait bien capable de nous précipiter dans le Nil. »

Après cinq heures de navigation, on vit s'élever le mont Feradjeh, qui forme la limite des Ababdehs, son pied se soude à des collines dont la silhouette court à six ou huit milles du rivage.

Mais Snowdon n'était guère d'humeur d'admirer le paysage; il se trouvait dans une position très désagréable. L'étroitesse de la cabane ne lui permettait pas d'étendre ses longues jambes, et il exprimait sans cesse le désir d'être aussi petit que Van Steen. Ils étaient du reste tous les deux très surexcités par tous les incidents du voyage, et si l'on tient compte de l'énervement que leur causait la chaleur accablante du jour; on pourra se faire une idée de ce qu'ils avaient à souffrir au moral et au physique.

Vers le soir, on laissa tomber l'ancre dans une petite anse que les matelots désignèrent sous le nom de Hel-ed-Madfa. Le capitaine déclara vouloir y passer la nuit. A leur grande joie, les Européens aperçurent un bateau déjà mouillé, dont l'équipage était descendu sur la berge. C'était pour eux un soulagement de ne pas rester seuls avec un homme auquel ils ne se fiaient plus.

Aglas vint les avertir que ce bateau appartenait à des pêcheurs de perles et que lui-même s'était arrangé avec ceux-ci pour les aider dans leurs travaux.

A peine avait-on jeté l'ancre, que le reflux mit à découvert quelques bancs de corail. C'était un spectacle très intéressant. Les coraux avec leurs milliers de branches s'élevaient comme de petits arbres du sein des flots, tenant suspendus des paquets d'algues marines au feuillage découpé de différentes couleurs. La transparence de l'eau laissait apercevoir les poissons qui se poursuivaient à travers ce labyrinthe, et les mollusques aux coquilles diaprées qui, immobiles dans les branches du corail, guettaient le passage de leur proie.

III

La chasse à l'autruche et le requin.

Lorsque nos voyageurs s'éveillèrent au matin, ils se virent seuls à leur grande surprise. Leur premier mouvement fut de tâter leurs ceintures : celles-ci se trouvaient en bon état. Dès lors la confiance reparut, et ils se levèrent au plaisir de contempler le magnifique tableau qui s'étalait sous leurs yeux. Dans les derniers jours, ils n'avaient vu qu'un désert sec et aride; aujourd'hui, ils apercevaient une multitude de petites îles verdoyantes et, sur le bord, des groupes de palmiers, des bouquets de tamarins gigantesques.

Les deux sambuks avaient quitté le rivage pour s'arrêter au milieu de la mer. Mais un des matelots était resté en arrière pour dire aux voyageurs que l'on avait commencé la pêche aux perles et qu'il les conduirait jusqu'au bateau, s'ils avaient envie d'assister à cette curieuse opération.

« Certainement, dit Van Steen, peut-être n'aurons-nous pas plus tard une aussi belle occasion. »

Au rivage se balançait un tronc d'arbre creusé, et dont on se sert ordinairement comme canot sur la mer Rouge. Ils hésitèrent d'abord à se confier à une nacelle si étroite et si peu sûre; mais le matelot les assura qu'il savait bien gouverner, et qu'il n'y avait aucun danger.

En quelques minutes ils eurent rejoint le sambuk. De petits nègres d'un noir brillant se préparaient à s'élancer. Chacun avait autour du corps une ceinture à laquelle était fixée une corde qu'un matelot tenait dans la main. Aux bras était attachée une grosse éponge imbibée d'huile, dont on ne pouvait deviner l'usage. Aglas expliqua aux Européens que les pêcheurs y puisaient de l'air, lorsque la respiration commençait à leur manquer. Un fort couteau émoussé était passé dans la ceinture; les narines et les oreilles étaient protégées par des tampons de coton, et une grosse pierre suspendue à une corde devait entraîner le corps dans la profondeur des eaux.

A un signal donné par le capitaine, la moitié des nègres se précipita dans les flots. Trente pieds plus bas ils rencontrèrent des bancs de mollusques, et détachèrent avec le couteau les coquillages qu'ils renfermèrent dans un filet. Ils ne pouvaient naturellement pas rester longtemps sous l'eau. Quand ils n'avaient plus d'air, ou quand un monstre marin se précipitait sur eux, ils rejetaient la pierre et tiraient la corde.

Bientôt une tête crépue émergea au niveau de la mer et regagna le bateau. La plupart des enfants rapportaient leur filet rempli, et tandis qu'ils le vidaient dans les tonneaux préparés, leurs camarades, restés jusque-là inactifs, descendaient dans la mer. On continua ainsi sur les deux sambuks, et les matelots étaient si attentifs au mouvement des cordes, qu'ils n'avaient point le temps de répondre aux nombreuses questions des voyageurs.

Snowdon, par curiosité, prit un coquillage pour examiner si réellement il renfermait une perle, mais l'huître tenait ses deux valves si étroitement serrées, que l'Anglais ne put parvenir à les séparer.

Aglas lui tendit en souriant un couteau émoussé que l'Anglais introduisit dans une fente étroite, et les coquilles s'ouvrirent. En tâtant la chair molle et gluante il sentit rouler sous son doigt une petite perle grosse comme un pois.

« Combien pensez-vous pêcher de mollusques aujourd'hui ? demanda-t-il.

— Peut-être trente mille, répondit le capitaine.

— Mais il vous faut alors toute l'armée égyptienne pour les ouvrir ! dit Snowdon en souriant. C'est un travail interminable.

— Sans doute, s'il fallait les ouvrir comme vous

venez de le faire ; mais nous avons une autre méthode et nous laissons à la nature le plus gros du travail comme vous le verrez ces jours-ci.

— N'y a-t-il jamais de plus grosses perles dans les huîtres ?

— Eh ! souvent on n'y trouve rien, dit Aglas. Cependant quelques coquilles en contiennent sept ou huit, parmi lesquelles deux ou trois sont de grande valeur.

— Pendant que vous êtes ici à pêcher, reprit Snowdon, nous avons l'intention de faire la chasse à l'autruche : pouvez-vous nous indiquer où se trouvent ces oiseaux du désert ?

— Allez vers le sud, répondit Aglas. Vous en rencontrerez en quantité. »

Nos voyageurs heureux d'avoir une occupation après tant de jours d'oisiveté, prirent leurs fusils et se dirigèrent gaiement vers une oasis qu'ils apercevaient au loin dans le désert. Mais le chemin était long, il leur fallut modérer le pas ; le sable leur brûlait les pieds ; le soleil les accablait de ses rayons de feu ; leur langue se collait au palais, et la marche leur devenait extrêmement difficile. Aussi, dès qu'ils atteignirent le groupe de mimosas, ils s'étendirent à l'ombre pour reprendre des forces.

En examinant les alentours, Van Steen ne tarda pas à découvrir sur le sable de nombreux vestiges d'autruches qui se dirigeaient tous du même côté. Nos voyageurs supposèrent qu'il devait y avoir de l'eau dans les environs et que les oiseaux étaient allés se désaltérer. Comme ils désiraient aussi se rafraîchir, ils suivirent les traces qui les conduisirent dans une ravine assez étroite couronnée de quelques buissons. Bientôt une source d'eau jaillissante leur apparut au milieu des arbres, et sur ses bords un couple de grosses autruches était occupé à étancher sa soif. Le pied de l'homme n'avait sans doute jamais foulé ce sol, car les oiseaux se sentaient tellement en sécurité qu'ils ne détournèrent même pas la tête à l'arrivée des étrangers.

Snowdon épaulait déjà son fusil lorsque son ami lui saisit le bras en murmurant à son oreille :

« Ne tire pas, je veux les dessiner; peut-être n'aurons-nous plus l'occasion de les voir de si près. »

Et il tira tranquillement son carnet de sa poche pour tracer rapidement l'esquisse de ces intéressants bipèdes.

L'autruche d'Afrique, en raison de sa taille, peut passer pour le géant des oiseaux. Sa hauteur atteint jusqu'à trois mètres. Son bec jaune et pointu s'ouvre sur une base très large. L'œil à fleur de tête est brillant et si vif, qu'il aperçoit le danger à une distance incalculable. Son cou long et mince, enveloppé d'une peau de couleur de chair livide, n'est garni que de poils blancs durs et clairsemés. La partie inférieure du cou est entourée d'une double couche de duvet blanc. Au-dessous commencent les petites plumes noires qui couvrent le corps tout entier. Des ailes courtes et une queue peu développée sont recouvertes de ces belles plumes blanches que l'on admire dans les salons et qui ont toujours l'air ébouriffées. Ces ailes si disproportionnées n'ont pas la force nécessaire pour permettre à ce colosse de fendre les airs.

Par contre, ses jambes longues, à la peau ridée, et que terminent des pieds calleux ont une vigueur extraordinaire. Aucun cheval de course ne peut lutter avec l'autruche.

Lorsque les deux oiseaux eurent étanché leur soif ils levèrent la tête pour brouter quelques feuilles de mimosa. Snowdon ne put résister plus longtemps : il épaula et fit feu ; mais sa main agitée par un mouvement fébrile fit dévier le coup et la balle alla fracasser un petit tronc d'arbre.

Épouvantées de la détonation, les autruches déployèrent leurs ailes et partirent avec la rapidité d'une flèche ; en un clin d'œil elles avaient disparu.

« Pour aujourd'hui, la chasse est terminée, dit Van Steen d'un ton de reproche. Ces oiseaux vont dire à leurs compagnons qu'un Anglais les guette avec sa carabine, et nous n'en verrons plus un seul.

— En plaine, nous ne pourrons pas les poursuivre, puisque nous n'avons pas de chevaux, répondit Snowdon contrarié, mais je pense que nous trouverons bien encore une petite place pour les surprendre. »

Nos voyageurs descendirent à la source pour se rafraîchir. En examinant les branches d'arbres, ils remarquèrent que plusieurs feuilles s'étaient repliées sur elles-mêmes ; c'étaient celles qu'avaient broutées les autruches.

Snowdon en toucha d'autres de son doigt ; celles-ci se couchèrent le long de leur tige comme les premières.

En sortant du défilé, on s'arrêta un instant pour parcourir des yeux une immense plaine de sable brûlant. Tout à coup, Van Steen étendit la main pour montrer à son ami un groupe de points noirs qui se mouvaient à l'horizon. Il était impossible de les distinguer à l'œil nu ; mais avec une lunette on voyait facilement plusieurs autruches se promener avec lenteur et gravité.

« Je voudrais bien savoir, dit Snowdon, si elles peuvent nous découvrir à cette distance. Allons en plein soleil.

— C'est imprudent, répondit Van Steen. Dès qu'elles nous apercevront, elles prendront la fuite. Il vaut mieux retourner par l'oasis. En nous dissimulant derrière ce bosquet de palmiers, nous pourrons nous approcher et peut-être en tuer une. J'avoue que j'aurais grand désir d'en rapporter un exemplaire en Belgique : on en voit rarement de cette taille. »

Mais le détour était long, et ils n'atteignirent le bosquet que quelques instants avant le coucher du soleil. Une quantité de jeunes autruches, encore sans plumes, s'ébattaient autour de leur mère et ne se doutaient guère du danger qui les menaçait.

Van Steen, heureux de voir de près un spectacle que bien peu d'Européens ont pu considérer, empêcha son ami de tirer. L'altercation devint très vive, et les oiseaux épouvantés par le bruit des voix, soulevèrent un nuage de sable et furent bientôt hors de portée.

Les chasseurs, déçus, étendirent leur natte en plein air et dormirent jusqu'au lendemain.

A leur réveil, leur premier regard tomba sur un groupe d'autruches plus nombreuses qui avaient dû venir d'un autre point du désert et paissaient en toute sécurité.

« Je ne veux plus attendre, » dit Snowdon.

Et en même temps deux coups de feu retentirent.

Aussitôt les oiseaux battirent des ailes et se dérobèrent en faisant des sauts prodigieux. En quelques secondes ils furent à l'horizon lointain. Un seul resta en arrière, sautillant sur un pied, puis il chancela et tomba sur le sol : la balle lui avait cassé le genou.

Snowdon se précipita sur lui pour l'achever.

Plus loin, une femelle tentait de sauver ses pous-
sins, mais ceux-ci ne pouvaient marcher très vite ;
tantôt elle courait en avant comme pour les inviter à
la suivre, tantôt elle revenait en arrière et cherchait
à les chasser devant elle tout en jetant des regards
anxieux sur les deux hommes qui la suivaient dans
l'espoir d'attraper quelques petits.

L'autruche, sentant qu'elle ne pouvait sauver sa
couvée, changea subitement de tactique. Elle s'élança
bravement au-devant des agresseurs en se défendant
de ses ailes informes.

Il eût été facile de la tuer à coups de crosse, mais
Snowdon, frappé d'un si grand amour maternel, n'eut
pas le courage d'en venir à cette extrémité.

Pendant ce temps, les petits, qui pressentaient
sans doute le danger, avaient pris une grande avance,
et dès que la femelle les aperçut au loin, elle poussa
un cri rauque et les rejoignit de toute la vitesse de ses
jambes.

« Laissons-la tranquille, dit Van Steen, le dévoue-
ment d'une mère mérite notre respect, même dans ce
désert. »

Ils revinrent vers l'autruche abattue et se dispo-
sèrent à lui enlever la peau avec ses plumes. Ce ne fut
pas facile, en raison du poids de l'oiseau, et ils
ne terminèrent leur travail qu'au bout de deux heures.
Chargés de cette belle dépouille, ils se retirèrent sous

les mimosas et firent un déjeuner froid ; la fatigue du matin leur avait ouvert l'appétit.

Sur le désert régnait un silence de mort ; on ne voyait plus d'autruches ni d'autres animaux.

Tout à coup, dans le bleu du ciel, ils aperçurent un vautour qui planait au-dessus du cadavre de l'oiseau tué. Après avoir tracé pendant longtemps des cercles qui allaient en se rétrécissant, il tomba comme une pierre, et enfonça ses terribles serres dans la chair de l'autruche, en essayant de l'emporter. Un coup de fusil l'épouvanta, et il reprit son vol, n'ayant pour tout butin qu'un morceau de viande.

Au même instant, un cri rauque se fit entendre, semblable à celui du matin. Les chasseurs se précipitèrent dans cette direction et trouvèrent une femelle sur ses œufs. Celle-ci ne s'enfuit pas : elle se contenta d'étendre son long cou sur le sable et attendit en ouvrant le bec.

Van Steen fut d'avis de ne pas la déranger ; la terreur de la pauvre bête lui inspirait une certaine pitié, et il reprit avec son ami le chemin de la mer.

Il était tard quand ils retrouvèrent les pêcheurs de perles, qui, bavardant et riant autour du feu, surveillaient la cuisson du repas du soir.

Le plumage de l'autruche excita leur admiration ; chacun s'étonnait qu'on eût pu atteindre à pied un de

ces oiseaux, car les Arabes ont l'habitude de les attaquer à cheval, en les entourant toujours de plus près,
et les abattent à coups de sabre ou de bâton.

Les mœurs des autruches fournirent le sujet des
conversations. Aglas assura qu'il avait souvent me-
suré la longueur des sauts sur le sable, et que les
traces étaient à une distance de quatre à cinq mètres.
Hamed parla des autruches apprivoisées, et prétendit
en avoir vu une qui donna la mort à une hyène
d'un coup de pied. Chacun avait son anecdote à
raconter.

A ces récits, Snowdon et Van Steen s'applaudirent
en secret d'avoir épargné la femelle sur ses œufs.

La pêche aux perles continua le lendemain et donna
d'excellents résultats. Tout à coup, les cordes s'agi-
tèrent d'une façon désordonnée.

« Tirez ! tirez ! » s'écria le capitaine.

Les matelots parurent épouvantés ; ils devinrent
livides et tirèrent de toutes leurs forces. Les négrillons
sortirent de l'eau : leurs visages étaient décomposés. Un
énorme requin les poursuivait ; d'un brusque mouvement, il atteignit le dernier et lui coupa la cuisse de
ses dents formidables. Le pauvre petit rendit bientôt
le dernier soupir.

Un cri perçant sortit de toutes les lèvres, et l'équipage chargea de malédictions le monstre qui se plon-
geait dans le fond des flots.

La tente fut dressée, et Nedda se chargea des préparatifs
du souper. (p. 21.)

« Vous n'avez donc pas remarqué l'approche du requin ? demanda Aglas.

— Hier, nous l'avons aperçu au loin, répondit l'un des plongeurs, mais il semblait si peu s'occuper de nous qu'en nous voyant il se retira. Toute la journée nous avons eu l'œil ouvert ; l'un de nous fut chargé de surveiller constamment, mais on ne le découvrit nulle part, et nous pûmes vaquer à notre travail sans être inquiétés. Ce matin, notre premier soin fut d'examiner autour de nous si on ne le voyait point. L'eau était si transparente qu'il ne pouvait échapper à nos yeux, et cependant il n'était pas loin. Pendant la nuit, il s'était retiré dans un enfoncement du récif, pour attendre une occasion favorable. Soudain, sans que personne eût pu le prévoir, il s'élança de sa cachette en se dirigeant sur moi. Mon pauvre camarade se glissa sous son ventre en brandissant un couteau. Ceci me donna le temps de me sauver, mais il périt victime de son amitié.

— Le requin est donc blessé ? demanda Aglas.

— Oui, oui, crièrent-ils tous ensemble ; l'eau était rougie tout autour de lui. »

On guetta la surface avec attention : si le requin était blessé, il devait remonter bientôt. L'attente ne fut pas longue. A quelques mètres plus loin, le monstre reparut, rougissant les flots de son sang. Son corps eut un soubresaut convulsif ; sa queue frappa la mer avec fureur et après des efforts inutiles il resta sans vie.

Ce fut une satisfaction pour les nègres, mais leur camarade avait payé pour eux. Il ne fallait plus songer à la pêche ce jour-là ; pour un royaume les plongeurs ne seraient plus descendus où ce malheur était arrivé. Les capitaines n'étaient pas contents; cette place était riche en coquillages et ils ne l'abandonnaient qu'à regret; néanmoins ils eurent assez d'humanité pour ne pas contraindre l'équipage à continuer la pêche.

Les sambuks jetèrent l'ancre. Les nègres prirent sur leurs épaules le cadavre sanglant de leur compagnon et le portèrent sur le rivage où ils le déposèrent en l'accompagnant des cérémonies de leur pays. Les Arabes se mirent à genoux et les Européens, très émus de l'accident, récitèrent une prière pour l'âme du trépassé.

Le reste du jour et pendant toute la nuit, les plongeurs firent entendre leurs gémissements autour du corps de leur camarade. Le lendemain ils creusèrent une fosse sur un petit monticule que les flots ne pouvaient atteindre, et recouvrirent le tombeau de débris de coraux et de pierres.

Après cette triste cérémonie, on retourna aux sambuks. Les huîtres déposées dans les tonneaux étaient tombées en décomposition et répandaient une odeur insupportable.

« Tout est donc perdu ? demanda Snowdon.

— Non, répondit Aglas. Il fallait cette opération pour pouvoir retirer les perles sans avoir besoin d'ouvrir chaque coquillage en particulier, comme toi-même le pensais hier. Nous allons maintenant faire le triage. »

Sur son ordre, les matelots apportèrent de grands baquets de bois qu'on disposa tout au bord de la mer, les remplirent des huîtres en putréfaction qu'ils couvrirent d'eau salée ; puis avec de grossiers balais, ils remuèrent vivement pour débarrasser les coquilles de leur contenu.

Celles-ci une fois vidées furent jetées sur le sable, et il ne resta au fond des baquets que les perles qu'il fut facile de retrouver.

Aglas était transporté de joie ; il venait de faire une récolte bien plus abondante qu'il ne s'y attendait. Ce fut avec des yeux brillants qu'il se pencha sur le précieux butin, prenant certaines perles d'une grosseur extraordinaire, les examinant, se félicitant de leur éclat, de leur beauté, de leur transparence. Ce résultat inespéré donnait à sa physionomie un air si naturel d'affabilité et de franchise qu'on ne l'aurait pas cru capable des mauvais tours dont l'accusaient les Européens.

De leur côté, les plongeurs considéraient avec plaisir le succès d'un travail qui augmentait leur gain, et ils en oublièrent bientôt la douleur que leur avait causée la perte de leur compagnon.

Aglas entra dans la cabine, en souleva le plancher et en retira une caisse en fer dont les voyageurs ne soupçonnaient guère l'existence ; ce fut là qu'on mit les perles en sûreté.

Les chefs des sambuks tinrent ensuite conseil pour savoir si l'on continuerait la pêche à la même place : c'était l'avis d'Aglas et de ses matelots, puisqu'elle avait été si productive, mais les plongeurs s'y refusèrent obstinément. Les navires reprirent lentement le chemin de la mer.

IV

Chez les Bischaris nomades.

Nos amis se trouvaient au sud, dans le port d'Eleï où Aglas se proposait de recommencer la pêche aux perles.

Leur intention n'étant pas de rester inoccupés sur le rivage, ils se décidèrent à faire une visite aux nomades dont nous avons déjà parlé. Pour ne pas se présenter les mains vides, ils emportèrent du tabac, des dattes et des pièces de coton. Ils auraient volontiers pris un matelot avec eux, mais Aglas déclara qu'il ne pouvait se passer de personne.

— Nous vous attendrons pendant trois jours, leur dit-il, tâchez de revenir à temps.

Ils se dirigèrent seuls à travers l'oasis d'Eleï. La vallée, qui, au temps des pluies, est arrosée par un ruisseau considérable, offrait à leurs yeux de gracieux mimosas-parasols et des palmiers dont la tête était chargée de fruits ; mais nulle part ils ne virent trace de la tribu des Bischaris.

Le soleil était à son zénith, et ils continuaient leur chemin sous une chaleur accablante, lorsqu'ils aperçurent au pied d'un arbre un homme paraissant dormir profondément. Celui-ci cependant se réveilla, les fixa un instant et prit la fuite. Il n'avait pour tout vêtement qu'une ceinture autour des reins ; sa main serrait un poignard, des cheveux épais entouraient sa tête comme d'une perruque. Il était bien bâti et les muscles de ses bras et de ses jambes accusaient une grande vigueur. Mais pourquoi fuyait-il ? il paraissait plus fort et plus agile que les Européens, et, comme disait Van Steen, s'il les avait attaqués, il les aurait facilement mis hors de combat.

« Il ne doit pas avoir d'intentions hostiles, répondit Snowdon ; nous ne risquons rien de le suivre. Il n'habite sans doute pas seul l'oasis ; ses parents ou ses amis doivent être avec lui. »

Ils marchèrent sur ses pas, mais le perdirent de vue au milieu d'un bouquet d'arbres. Cent mètres plus loin s'ouvrait une vallée transversale ; ils s'y engagèrent, croyant apercevoir une tente cachée derrière les branches de quelques tamarins, et se trouvèrent tout à coup à l'entrée d'un grand camp nomade. L'homme qu'ils avaient vu fuir, était entouré d'une foule curieuse à laquelle il expliquait la rencontre des deux voyageurs; on pouvait le supposer, du moins, aux gestes qui accompagnaient ses paroles.

Dès que les Bischaris les virent arriver, tous se retirèrent intimidés, et ce fut en vain que Van Steen essaya de leur faire comprendre par signes qu'ils n'avaient rien à craindre. Cependant, quand ils aperçurent les feuilles de tabac qu'on avait apportées, un des Arabes s'approcha craintif et tendit la main.

S'étant assuré qu'aucun danger ne le menaçait, il entama la conversation, et dès qu'il apprit le but du voyage des Européens, il leur permit de rester quelques jours au milieu de la tribu; puis prenant un air important, il les conduisit à travers les tentes jusqu'à une grande place où les hommes, les femmes et les enfants se chauffaient au soleil.

« Quels étrangers nous amènes-tu? » demanda Calma, femme à la taille imposante, et épouse du chef.

Le chef qui portait le nom de l'oasis donna sans doute, dans son dialecte, une réponse satisfaisante, car la défiance disparut des visages, et l'on vint considérer de plus près les nouveaux venus et toucher leurs habits.

« Étrangers, reprit Calma, je parle arabe, ayant vécu pendant quelque temps à Kosséïr. Dites-moi ce que vous désirez?

— Calma, dit Van Steen en prenant la parole, nous venons d'un pays lointain, situé au delà des mers. Il y a là d'autres arbres, d'autres montagnes, d'autres hommes, d'autres coutumes. Nous avons beaucoup entendu parler des Ababdehs et des Bischaris, et nous sommes venus pour connaître ces peuples. »

Lorsqu'il parla des Ababdehs, la femme sourit avec mépris.

« Étranger, répondit-elle, tu as bien fait de venir t'informer des Bischaris qui ont d'immenses troupeaux de chameaux et d'ânes, mais je m'étonne que tu les mettes sur la même ligne que les Ababdehs. Tu as sans doute traversé leurs montagnes et tu as pu te convaincre qu'ils sont pauvres et misérables.

— Je l'ai vu, Calma : c'est pour cela que je n'ai pas eu de repos pour venir visiter les habitants du Djebel Elba, les tribus des nobles Bischaris dont la réputation est bien connue. »

Elle sourit à ces paroles, flattée de voir que les étrangers les tenaient en plus haute estime que les nomades du nord. Quoiqu'elle fût pour ainsi dire à demi sauvage, et que ses sujets ne parussent pas avoir la moindre idée d'ordre, de mode et de convenance, elle prit cependant plaisir à considérer les vêtements et les armes des Européens, et leur fit comprendre qu'elle serait heureuse de recevoir un cadeau.

« Lorsque j'étais à Kosséïr, continua-t-elle, j'étais

bien habillée; je tressais mes cheveux et j'emprisonnais mes pieds dans des souliers. Les Arabes me disaient que j'étais belle et que je ne devais plus revenir chez les Bischaris.

— Et pourquoi n'as-tu pas suivi leurs conseils ? demanda Van Steen.

— Si tu étais Bischari, tu le saurais. As-tu vu l'autruche dans le désert?

— Oui répondit le Belge.

— Eh bien ! le Bischari veut être comme elle, libre de parcourir le sable brûlant. Son oasis l'attire, parce qu'il y trouve pour ses troupeaux de l'eau et des pâturages en abondance. L'habitant des montagnes et des ravins ne peut pas souffrir des murailles autour de soi, ni un toit au-dessus de sa tête. La toile de la tente qui lui cache le ciel bleu, est déjà de trop, parce qu'il n'aperçoit point pendant le jour les rayons du soleil, ni pendant la nuit l'éclat des étoiles. Le Bischari veut pouvoir circuler partout au milieu de ses troupeaux, et voilà pourquoi Calma n'a pas voulu rester dans les sombres murailles de Kosséïr.

Elle continua encore longtemps les louanges de la liberté et de l'indépendance; il était néanmoins facile de conclure que son séjour dans une ville lui avait laissé quelques impressions : chacune de ses paroles trahissait son amour du luxe et des vêtements. Mais ce qui étonnait surtout les Européens, c'était la position qu'elle occupait dans sa tribu. Les femmes arabes en effet restent à l'écart, évitant la société des hommes; Calma, au contraire, parlait en public et semblait avoir plus d'autorité que son mari.   .

« N'êtes-vous pas mahométans? » dit Snowdon.

Elle comprit de suite sa pensée et répondit en riant :

— Certainement, nous sommes très attachés à l'Islam, mais nous n'y regardons pas de si près, et Eléï me donne volontiers une place à côté de lui, comme les femmes en ont chez les chrétiens.

— En est-il ainsi dans toute votre tribu? »

Elle secoua la tête et donna malicieusement à entendre que sa puissance avait pour cause la paresse et l'esprit borné de son mari.

« Eléï, dit-elle, trouve plus de plaisir à s'étendre sur le sable et à laisser dormir ses pensées qu'à se charger de soucis et de réflexions. Eléï sait que Calma marche devant lui pour lui tracer la route : pourquoi se priverait-il de repos? »

Il était difficile de dire si Eléï était satisfait de ce bavardage. Son sourire était forcé, et sa mauvaise humeur semblait s'accroître de la joie de son éloquente moitié.

« Pour nous assurer un bon accueil, murmura Snowdon en anglais, nous ferons bien de sacrifier un morceau d'étoffe.

— Calma, dit son compagnon en lui présentant un coupon d'un rouge criard, tu nous as reçus avec affabilité : permets-nous de te prouver notre reconnaissance en t'offrant ce petit présent. »

La femme se leva en sursaut, saisit l'étoffe qu'elle déchira en deux jusqu'aux trois quarts, en entoura son cou en croisant les deux bouts sur sa poitrine et les ramena derrière son dos pour en faire un gros nœud.

« Aucune couturière ne fait une robe à si bon marché, dit Van Steen en riant, et cependant ce costume ne lui va pas mal. »

Calma se regardait avec complaisance. Peut-être songeait-elle au temps où ses pieds étaient dans des souliers. Les Européens ne pouvaient pas lui en donner, mais ils avaient dans leur sac un petit miroir avec un étui en étain. Van Steen alla le chercher et le lui remit.

« Les femmes de mon pays, dit-il, apprécient beaucoup ce petit objet : ne le refuse pas. »

Calma, s'en saisit immédiatement, mais ne put l'ouvrir.

Cependant, dès que Snowdon lui eut montré le secret, on vit bien qu'elle connaissait l'usage du miroir. Non contente de s'y regarder, tantôt elle ajustait son morceau d'étoffe rouge, tantôt elle lissait ses cheveux et semblait fort satisfaite de sa toilette.

Sa pantomime dura un certain temps à la grande joie de toute la tribu; mais enfin il fallut bien s'occuper des étrangers et après avoir attaché le miroir à sa ceinture au moyen d'une épine, elle leur désigna une tente ornée de quelques nattes. C'était sans doute un article de luxe, car on n'apercevait pas de nattes autre part.

Elle prit congé de ses hôtes et revint près d'un groupe de tentes situées à l'écart, et qui servaient aux femmes.

La nouvelle parure de Calma excita des cris d'admiration, et de temps en temps on voyait une tête s'avancer avec curiosité pour découvrir où étaient les hommes qui possédaient d'aussi belles choses.

De son côté Eléï regarda comme un devoir de combler d'honneurs les étrangers que sa femme avait accueillis avec tant de bienveillance. Il donna l'ordre de tuer un veau, et fit porter la chaudière dans leur tente. Le grand poignard qu'il portait à ses reins dans un fourreau de cuir, lui servit de couteau. Quant à des fourchettes, le bonhomme n'en avait pas. Peut-être n'en avait-il jamais vu. Du moins lorsqu'il vit Van Steen en retirer deux de son sac, il exprima la plus grande surprise.

Était-ce par nouveauté, ou trouvait-il convenable de faire comme ses hôtes? Bref, il alla chercher sur un mimosa une longue épine et piqua le morceau de viande qu'il venait de couper. Mais cette méthode lui fut bientôt incommode. Il rejeta l'épine avec mépris et se servit de sa main.

« Pourquoi prendre des doigts fabriqués, quand on en a de naturels ? demandait-il.

— C'est pour la propreté, répondit Snowdon.

— Mais ne suis-je pas propre ? quand j'ai mangé, je me lave les mains, et il n'y reste pas trace de nourriture. »

Après le repas, il indiqua les nattes et s'en alla. Nos deux amis s'endormirent.

Le lendemain, Calma leur apporta pour déjeuner du lait et du pain. Chez les Bischaris, le pain est une friandise très rare. Ils ne le font pas eux-mêmes, et l'achètent aux navires qui passent ; mais, avec le maïs, ils préparent un gâteau qui n'a pas mauvais goût.

Dans l'espoir de recevoir de nouveaux cadeaux, Calma en offrit aux étrangers. Ce n'était plus la femme de la veille, à la tête ébouriffée et ruisselante de graisse. A l'aide du miroir, elle avait séparé ses cheveux en belles nattes, s'était lavé les mains et le visage et portait l'étoffe rouge en large ceinture.

Van Steen lui remit quelques colliers de verroteries et distribua aux hommes de petits paquets de tabac.

Cela suffit pour apprivoiser les nomades. Leur timidité disparut, et toutes les mains se tendirent vers les voyageurs pour recevoir un présent.

Mais une telle générosité ne faisait pas l'affaire de Calma.

« Réservez les choses précieuses, dit-elle avec impatience ; gardez-les pour moi : je vous donnerai du beurre. »

Depuis longtemps, nos Européens n'en avaient plus goûté, et l'eau leur en vint à la bouche. Aussi montrèrent-ils toutes les étoffes qu'ils avaient encore, et demandèrent quelle quantité de beurre on leur donnerait pour cela.

« Beaucoup, beaucoup, répondit-elle en prenant toutes les pièces, dans la crainte que ses hôtes n'en fissent cadeau aux autres femmes. Allez maintenant visiter nos troupeaux. »

Et elle donna l'ordre à son obéissant Éléï de les conduire partout.

Derrière la tente, l'oasis se changeait en riantes prairies, où paissaient des bœufs et des chameaux.

Ces troupeaux étaient une grande richesse, et dans un pays civilisé, le propriétaire en aurait retiré un profit considérable ; mais les Bischaris n'en prenaient que le lait et la viande.

« Ne sommes-nous pas plus heureux que les Ababdehs ? demanda Calma avec orgueil.

— Certainement, dit Snowdon ; mais pourquoi avez-vous tant de chameaux ?

— Eh ! quand cette oasis n'a plus de fourrage,

nous allons plus loin, et souvent il nous faut faire plusieurs milles à travers les steppes et les déserts de sable. Qui nous porterait, nous, nos enfants, nos tentes, nos ustensiles, si nous n'avions point de chameaux? Mais nous avons aussi un autre but. Souvent les Arabes viennent de Korosko ou d'autres villages pour nous en acheter ou nous les emprunter. Ils en ont besoin dans leurs caravanes, quand ils transportent des voyageurs ou des marchandises, et ils nous paient en étoffes, en farine, ou en objets qui nous sont nécessaires, et que nous ne pouvons obtenir autrement. Vous voyez que les chameaux sont pour nous un vrai trésor, et que nous ne pouvons nous en passer.

Van Steen et Snowdon passèrent encore deux jours à étudier les mœurs et les coutumes des Bischaris, qui les intéressaient beaucoup. Au moment de partir, Calma leur apporta plusieurs pots de beurre comme prix des étoffes, et comme le transport de cette marchandise encombrante était assez difficile, elle leur prêta généreusement deux chameaux, en chargeant Éléï d'accompagner les voyageurs.

Ils trouvèrent les pêcheurs de joyeuse humeur ; leur butin était considérable, et l'on s'occupait d'assortir les perles. Pour cela, on avait pris deux tamis placés l'un au-dessus de l'autre, et dont les trous étaient différents. Toutes les perles furent jetées dans le tamis supérieur ; elles passèrent toutes dans le second, sauf douze qui étaient d'un calibre plus gros.

Les yeux des pêcheurs rayonnaient de plaisir. Aglas prit chaque perle et les considéra minutieusement et avec intérêt. Elles avaient toutes une grande valeur.

On continua ce travail avec des tamis de plus en plus petits. Dans le dernier se trouvaient les perles les moins précieuses.

Les plus grosses devaient se vendre à la pièce, les autres au poids. Ce sont ces dernières que l'on emploie pour les broderies de haut prix, ou que les orfèvres montent en bagues ou en pendants d'oreille.

Quant à la couleur, elle varie autant que la forme. On en voit de blanches, de brillantes, de transparentes ; quelques-unes sont jaunes ou rosâtres, d'autres verdâtres ou noires. Chacune a son amateur suivant les pays, et les pêcheurs de perles sont toujours assurés d'écouler leur marchandise.

Nos voyageurs s'étaient imaginé jusque-là que la pêche aux perles était libre, et que le premier venu pouvait équiper un sambuk dans ce but.

« Le gouvernement, leur dit Aglas, afferme la pêche de place en place, et celui qui offre le meilleur prix a seul le droit de se livrer à cette opération. Mais comme les fermiers ont toujours de grosses sommes à payer, et qu'il leur serait impossible de

les trouver, ils sous-louent quelques places ou per-
mettent, contre une indemnité, de pêcher pendant
un temps déterminé. La pêche n'est pas toujours
productive, et souvent on perd dans un an le béné-
fice de l'année précédente. Cependant, le pêcheur qui
a un peu de chance, ne tarde pas à devenir riche.

— Je pense bien que tu es dans ce cas, car
il me semble que tu as une récolte extraordinaire,
dit Van Steen.

— C'est vrai, mais toutes les perles ne m'appar-
tiennent pas. Les plongeurs ont une part fixée par
les contrats. Leur travail est très fatigant, et tu as
vu toi-même que leur vie est exposée à plus d'un
danger. Aussi demandent-ils un salaire élevé.

— Les paieras-tu en or ou en perles ? fit
Snowdon.

— C'est à eux à choisir, répondit Aglas ; cela
ne dépend pas de moi. Je crains bien que les miens
n'aillent jusqu'à la limite de leurs droits, surtout
parce qu'ils regrettent la perte de leur camarade. »

En effet, ils pressèrent Aglas de faire l'estimation
des perles ou de les distribuer, et leurs yeux
semblaient dire que le butin tout entier n'était pas
trop pour eux.

Le capitaine fit différents lots de chaque sorte de
perles, et dit aux nègres de choisir la part qui leur
revenait.

Ceux-ci examinèrent chaque lot en connaisseurs, ôtant à l'un, ajoutant à l'autre, sans pouvoir se décider. Ils prétendirent qu'il était impossible de partager ainsi équitablement et exigèrent l'estimation.

Aglas tira un livre de sa poche et taxa chaque grosse perle en particulier. Haschid et Hamèd trouvaient l'évaluation conforme au poids, mais les plongeurs protestaient à chaque instant : de là des disputes interminables. Quand on était tombé d'accord, il inscrivait la somme.

Il s'agissait maintenant de répartir l'argent entre tous.

En calculant ce qui revenait par tête, les pêcheurs firent de nouvelles difficultés ; le gain leur paraissait insuffisant, et ils réclamaient une autre évaluation. Aglas ne voulut pas y consentir. Il n'y avait plus qu'une chose à faire, c'était d'aller à Souakim vendre toutes les perles à un marchand et de partager proportionnellement ce qu'il en donnerait. Au premier abord les nègres parurent satisfaits ; mais bientôt ils recommencèrent leurs objections : tantôt ils voulaient l'argent ; tantôt ils voulaient les perles. La mort de leur camarade qu'ils aimaient beaucoup les rendait injustes et intraitables.

L'un d'eux surtout, nommé Loulou, c'est-à-dire « Perle » se faisait remarquer par son ardeur à critiquer ; c'était lui qui excitait le mécontentement de ses compagnons, quand ceux-ci étaient sur le point de s'entendre avec le capitaine.

Aglas, fatigué de tant de mauvaise foi, appela les autres pêcheurs pour décider. Ceux-ci déclarèrent que le seul moyen de terminer le différend était d'aller vendre les perles à Souakim, et les deux embarcations cinglèrent vers la ville.

Le séjour sur le sambuk était devenu presque insupportable aux Européens : ce n'étaient que disputes et injures entre les plongeurs et l'équipage qui n'avaient pas le moindre égard pour les voyageurs. Il semblait même à ceux-ci qu'ils étaient vus de mauvais œil par les matelots. Ils restèrent donc confinés dans leur cabine la plus grande partie du jour. Aglas, de son côté, ne desserrait pas les dents, non plus que son fils Raschid ; à peine répondaient-ils aux questions de leurs passagers.

Van Steen et Snowdon ne se considéraient du reste pas hors de danger. Ils redoutaient le moment où le capitaine s'apercevrait que Néleh n'avaient pas réussi à enlever leur argent.

V

Les bagages volés.

Enfin on découvrit Souakim. La ville, vue de la mer, avec ses maisons élevées, blanchies à la chaux offrait un charmant tableau que relevait encore le fond obscur de la plaine qui s'étend des montagnes des Bischaris au désert.

En apercevant Souakim, Aglas et ses hommes se réunirent, pour causer à voix basse ; mais leur conversation était très animée et le nom de Néleh revenait si souvent que les Européens pensèrent qu'on discutait la manière dont on recevrait son argent. Ils furent confirmés dans cette idée par l'insistance que mit Aglas à leur demander encore une fois le signalement du voleur.

Deux heures plus tard, on entrait dans le port de Souakim. Une foule de sambuks et d'autres embarcations passèrent à côté d'eux pour gagner la mer, tandis qu'Aglas et Raschid observaient attentivement chaque bateau. Le port n'avait guère que trois cents mètres de large, et il leur était facile de voir chaque petite barque; aucune ne pouvait échapper à leur surveillance.

« Ils cherchent Néleh, remarqua Van Steen. Peut-être avait-il prononcé ce nom plus haut qu'il ne l'eût voulu. Toujours est-il que les deux Arabes le regardèrent avec des yeux consternés.

— Sois prudent, murmura Snowdon. Ces vauriens seraient capables de nous égorger encore en face de Souakim. »

On atteignit bientôt les deux îles séparées par un bras de mer où les bateaux étaient aussi tranquilles que sur un fleuve. La ville est située sur la plus étendue. A mesure que l'on avançait, le visage d'Aglas et de son équipage devenait plus sombre; il était évident qu'ils n'avaient pas rencontré ce qu'ils cherchaient. Dès que l'on eut dépassé la dernière embarcation, on accosta le quai.

« Avant d'aller à nos affaires, dit Aglas à son fils, il faut visiter l'autre partie du port; il est capable de nous duper.

— Les vauriens ne se fient pas à leurs complices, pensèrent les voyageurs. Ils ont peur de les voir partir avec sa proie.

— L'homme qui vous a volés, leur dit Aglas, doit être encore à Souakim. Il saura bientôt que nous sommes arrivés et nous échappera. Il est donc nécessaire de nous mettre à sa recherche. Mais auparavant je vais vous indiquer une maison où vous pourrez rester jusqu'à ce que nous ayons pris ce coquin. Aussitôt que nous l'aurons attrapé, vous vous présenterez chez le gouverneur pour déposer votre accusation, car nous ne retournerons pas à Kosséïr avant que cet homme n'ait reçu son châtiment et ne vous ait rendu ce qu'il vous a pris. »

En entendant cette conversation, Loulou le nègre arriva sur le capitaine et lui déclara avec arrogance qu'il ne voulait pas attendre plus longtemps son paiement et qu'il fallait vendre les perles de suite.

« Va au bazar avec les plongeurs, dit Hamed à son père. Raschid, les matelots et moi, nous fouillerons le port pendant ce temps-là.

— Ne vaut-il pas mieux que nous t'accompagnions demanda Van Steen, pour te prêter main forte ?

— Non, votre présence gâterait tout. Dès qu'il vous apercevrait, il prendrait la fuite et gagnerait la campagne. Laissez-nous faire. Quand il sera en notre pouvoir, il sera temps de vous montrer. Il est même bon que vous ne sortiez pas ; restez cachés pendant quelques jours. »

Aglas, entouré des nègres qui semblaient craindre de le voir fuir avec leur trésor, prit la cassette aux perles et se dirigea vers la ville. Dans la première rue, il désigna aux voyageurs un hôtel magnifique, bâti en pierres de taille et d'un aspect très confortable. Un bel escalier conduisait à la véranda, d'où l'on avait une vue splendide sur la mer. Snowdon aurait préféré choisir lui-même le lieu de son séjour; mais le sommelier turc était aussi bien dressé que ceux d'Europe. Debout au bas du perron, il accabla nos amis de prévenances et les força en quelque sorte à monter l'escalier pour traverser la véranda sur laquelle s'ouvraient de beaux appartements meublés à la turque, et fermés par des rideaux en soie.

Sans leur demander ce qu'ils désiraient, le maître d'hôtel leur apporta des pipes et du café.

« Je crois que nous sommes ici dans les griffes du lion, dit l'Anglais, nous ferons bien de nous mettre en sûreté le plus tôt possible. »

Van Steen avait bien la même idée, mais ni l'un ni l'autre ne savait quel parti prendre. Tantôt ils voulaient chercher un autre hôtel, tantôt se rendre chez le gouverneur et le temps s'écoulait sans que l'on prît une résolution. En attendant, ils revinrent sur la véranda pour examiner les passants. Ce coup d'œil éveilla un instant leur intérêt; ils pouvaient à leur aise contempler les costumes bariolés des Turcs, des Berbères et des Arabes.

Mais le maître d'hôtel vint bientôt les rappeler en

disant que le dîner était servi. Ils ne se firent pas prier deux fois. Leur estomac, fatigué de la cuisine du sambuk, criait la faim et se flattait d'avoir meilleure table dans un hôtel. Mais à peine étaient-ils assis que la rue se remplit de cris terribles. « C'étaient, disait le garçon, une troupe de nègres se disputant avec le capitaine d'un navire. »

Le doute n'était pas possible : Aglas et les plongeurs devaient être aux prises. Nos voyageurs se précipitèrent à la véranda.

Les nègres entouraient Aglas qui envoyait de rudes coups dans toutes les directions ; mais ses adversaires ne se tenaient pas pour battus et préparaient les couteaux qui leur servaient à ouvrir les huîtres.

« Viens, dit Van Steen, en prenant son ami par le bras ; courons à son aide.

— Pas si pressé, répondit Snowdon : qui sait ce qu'ils ont à débattre ? Ce sont tous des vauriens, sans exception. Souviens-toi qu'Aglas nous a envoyé un bandit pour nous voler. »

Le Belge voulut cependant descendre, mais il y avait une telle foule qu'il ne put traverser. Tout à coup arrivèrent une demi-douzaine de kawas turcs qui dispersèrent les curieux, se saisirent des combattants et les emmenèrent.

« Qu'est-ce que cette bagarre? demanda Snowdon.

— Je n'en sais rien, répondit le maître d'hôtel ; je vais aux informations. »

Une heure après il revint et raconta l'histoire sui vante :

« Il y a six mois, dans cette rue à gauche, vivait un négociant qui achetait aux pêcheurs de perles leur récolte moyennant un prix très élevé. Il faisait d'excellentes affaires. Depuis il a vendu sa maison pour se retirer plus au sud, à Massouah. Son successeur ne passait en ville que quelques jours ; le reste du temps il était en mer ou ailleurs. Personne ne savait quel était son commerce. Mais quand il était ici, il achetait des perles et les payait en monnaies étrangères.

» On ne le connaissait guère de vue et l'on se livrait aux suppositions les plus contradictoires. Les uns prétendaient qu'il avait des cheveux crépus comme les nègres, tandis que d'autres affirmaient avoir vu sa tête couverte de boucles blondes. On le disait gros, on le disait maigre. C'était un Arabe, jurait l'un ; c'était un Cophte, assurait un second, et un troisième le traitait d'Européen.

» Ces derniers temps, le bruit se répandit qu'on ne voyait pas toujours sortir de chez lui les personnes qui entraient. Quand un homme seul se présentait pour vendre des perles, le marchand l'attirait dans une arrière-boutique, l'assassinait et lui enlevait son trésor.

— C'est une chose épouvantable, interrompit Van Steen. Il semble que la police turque aurait dû tirer la chose au clair et mettre fin à un pareil désordre. »

Pendant que le maître d'hôtel faisait son récit, un homme à grande barbe et portant le costume turc vint prendre place sur le divan.

« Les étrangers ont trop bonne opinion de la police turque, dit-il en prenant part à la conversation. Je puis en donner un exemple. Ayant quelques perles en ma possession, j'allai les offrir au marchand dont on parle. Celui-ci me reçut avec beaucoup de prévenance, regarda mes perles et m'en demanda le prix. Je fixai une somme modeste qu'il ne trouva pas exagérée ; mais lorsqu'il eut déposé l'argent sur la table en examinant de nouveau ma marchandise, il me saisit au collet en s'écriant : « Brigand ! tu m'as volé ces perles. Elles étaient hier en ma possession et tu veux me les revendre aujourd'hui ? tu es un infâme coquin qui mériterait d'avoir la tête tranchée. »

» Je protestai naturellement de mon innocence et lui donnai le nom de celui qui m'avait vendu ces perles ; il continua à m'appeler voleur et enferma les perles. Aussitôt je courus à la police, qui me donna deux kawas pour arrêter cet infâme brigand. A notre retour, nous trouvâmes chez lui un sous-employé du gouverneur, qui reçut ma plainte et demanda à voir les perles.

A un signal donné par le capitaine, la moitié des nègres se précipita dans les flots. (p. 41)

» A peine y eut-il jeté un regard qu'il s'écria : « Ces perles sont depuis longtemps à cet honnête marchand, je les connais parfaitement. C'est toi qui es un fourbe : tu mérites une punition. »

» Au lieu d'arrêter le marchand, ce fut moi que les kawas traînèrent au tribunal et, malgré toutes mes protestations, je fus déclaré coupable et condamné à une amende. Je dus m'estimer heureux d'en être quitte à si bon marché et d'échapper à la bastonnade. Hélas ! dans ce pays, c'est l'usage que l'autorité agisse de concert avec les bandits, qui ne se gênent pas pour voler en plein jour. S'ils sont pris, une poignée de piastres ferme les yeux à la justice. »

La perspective de vivre quelque temps au milieu de pareils individus n'avait rien de bien séduisant pour nos voyageurs, et Snowdon chercha involontairement sa ceinture, pour s'assurer qu'on ne la lui avait pas encore enlevée.

« Comment l'altercation d'Aglas a-t-elle fini ? demanda Van Steen.

— Aglas, continua le maître d'hôtel, avait vendu déjà souvent des perles dans cette maison, et avait toujours été bien payé. Il s'y était donc rendu ; mais au lieu d'y rencontrer son marchand ordinaire, il y trouva cet homme mystérieux dont je vous ai parlé. Celui-ci le reçut amicalement, loua sa marchandise et lui en demanda le prix.

— Je n'ai jamais vu d'aussi belles perles, dit-il, et si vous m'en aviez demandé le double, je l'aurais payé. Voici l'argent, et même de l'argent turc que l'on acceptera dans tous les magasins.

» Les nègres secouaient la tête d'un air mécontent prétendant qu'Aglas n'avait indiqué un prix inférieur que pour leur faire du tort. Mais l'acheteur de perles, craignant de manquer cette bonne affaire, paya une somme double et se fit donner un reçu par Aglas. Puis il mit l'argent en rouleaux qu'il plaça dans une boîte et entoura celle-ci d'une corde. Après avoir encore bavardé quelque temps, Aglas pris la boîte et s'éloigna avec ses compagnons. On se rendit dans une maison où s'arrêtent les pêcheurs. Le capitaine ouvrit la boîte, et en retira les rouleaux qu'il plaça sur la table.

» Loulou, qui prenait volontiers la parole, calcula le nombre de rouleaux revenant à chacun et partagea les lots.

» Mais quelles furent sa surprise et sa frayeur en ouvrant le premier? Au lieu des pièces d'or turques, on ne vit que des morceaux de fer.

» Les nègres, tout étonnés, ouvrirent les autres rouleaux ; tous contenaient les mêmes rondelles. Aglas était muet de terreur, tandis que les plongeurs l'accablaient d'injures en l'accusant d'avoir changé les rouleaux en route. Ils fouillèrent ses poches, et, n'y trouvant pas d'or, ils le frappèrent de coups de poing et tirèrent leurs couteaux. Aglas assura qu'il était innocent et jura par le Prophète qu'il ignorait ce qui s'était passé. A moins qu'il n'y eût de la sorcellerie, le marchand l'avait trompé.

» Mais Loulou et les autres nègres n'entendaient pas de cette oreille. Ils rouèrent de coups le capitaine; la police arriva et les conduisit tous ensemble en prison : le juge a commencé une enquête. »

A ces mots, le Turc s'approcha des Européens et confirma le récit du maître d'hôtel, qui se retira.

« Vous ne me connaissez plus, leur dit-il; je suis Néleh. Depuis plusieurs jours déjà je vous attends pour que vous m'aidiez à mettre cet infâme Aglas hors d'état de nous nuire.

» Je pense que ce sera facile, puisqu'il est déjà entre les mains de la justice. Néanmoins il faut agir avec la plus grande prudence : dans ce pays plus que dans tout autre, il est facile de corrompre les juges, et avec de l'or on peut faire ce qui est impossible ailleurs. Avant tout, nous ne devons pas avoir l'air de nous connaître; nous nous sommes rencontrés par hasard; car, bien qu'Aglas soit en prison, il a des yeux qui veillent pour lui et lui rapportent tout. Voilà pourquoi j'ai pris ce déguisement.

— Mais à quoi ceci peut-il te servir? demanda Snowdon; je n'en vois pas le but.

— Je le crois, répondit Néleh avec un sourire. Celui qui ne connaît pas les usages et les coutumes de ce pays ne peut pas s'imaginer qu'un honnête homme ait besoin de prendre un masque. Plus tard, quand vous aurez surmonté tous les obstacles, vous me donnerez raison et me remercierez. »

L'arrivée du maître d'hôtel le rendit muet. Lorsque celui-ci eut disparu, il continua :

« J'espère que vous avez eu la prudence de cacher votre argent : l'avez-vous encore ?

— Certainement, il est enfermé dans nos ceintures, et il y restera jusqu'à ce qu'Aglas soit démasqué.

— Bien, dit Néleh en souriant finement. Vous désirez sans doute visiter la ville ; je viendrai vous chercher ce soir. »

Néleh se hâta de quitter l'hôtel et se dirigea vers le port.

« Snowdon, dit Van Steen, je n'aime pas voir cet homme caché sous un déguisement ; on n'agit pas ainsi quand on est honnête.

— C'est vrai, reprit l'Anglais ; mais il nous a dit que c'était pour ne pas être reconnu par le capitaine.

— A quoi bon ? ne peut-il pas aller trouver ouvertement le gouverneur et lui dire ce qu'il en est ?

— Mon ami, tu oublies que la justice peut s'acheter.

— C'est possible ; mais s'il veut le démasquer devant le juge, il peut le faire sans se déguiser en turc. Pourvu que nous ne nous soyons pas défiés d'Aglas sans motif en donnant trop facilement notre confiance à Néleh !

— Quelle idée !

— Pourquoi pas ? cet homme s'est informé de notre argent avec trop d'intérêt : il en a peut-être envie. Sais-tu à quoi j'ai pensé ? Nous allons remettre nos ceintures à l'hôtelier, au lieu de les emporter avec nous en visitant la ville.

— Et s'il les vole ?

— Ce serait un malheur ; cependant il faut prendre nos précautions.

— Mais comment faire ?

— Nous verrons. Ah ! voici l'hôtelier. »

Un Turc entra et salua les voyageurs.

« Ces Messieurs sont étrangers, demanda-t-il du ton le plus aimable.

— Pas tout à fait, répondit Van Steen. Nous sommes amis intimes du gouverneur de Kosséïr, qui nous a recommandés au gouverneur d'ici en nous indiquant ton hôtel. Nous avons l'intention d'aller demain lui faire une visite. »

Le Turc parut extrêmement flatté d'apprendre que le gouverneur de Kosséïr avait désigné sa maison, et plus encore de voir de nobles hôtes choisir sa modeste hospitalité. Avec plus d'éloquence que ne le font généralement les Turcs, il mit son hôtel et son temps à la disposition des étrangers.

« On dit que l'on n'est pas en sûreté à Souakim, reprit Van Steen, et comme nous ne serons pas toujours dans le voisinage, nous préférons te remettre nos valeurs. »

L'hôtelier s'inclina, prit les ceintures et les déposa sous leurs yeux dans une armoire ornée de croissants et dont il leur remit la clef.

« Pas en sûreté à Souakim, dit-il en branlant la tête. Hélas ! c'est la vérité. Depuis six mois, l'on ne parle que de vols commis dans les maisons ou sur les bords de la mer. Tantôt ils se succèdent de jour en jour, tantôt on est tranquille pendant quelques semaines. Ce qui reste inexplicable, c'est qu'on ne trouve pas la trace des brigands ; ils deviennent invisibles et disparaissent comme une fumée. Toutes les recherches sont inutiles.

— Mais peut-être l'autorité...? »

Le Turc ne le laissa pas achever. Il regarda autour de lui d'une manière craintive pour voir si personne n'avait entendu cette exclamation et dit à voix basse :

« Remerciez le Prophète de ce que vous êtes les amis du gouverneur. Je sais que vous avez dit ces mots pour éprouver ma fidélité à l'autorité, mais je vous prie de ne plus plaisanter ainsi. A Souakim, les murs ont des oreilles, le vent emporte les paroles au loin, et les étoiles trahissent les pensées. Prudence ! prudence ! »

Après cet avertissement, les Européens sortirent pour aller au port, où le sambuk était amarré.

Hamed, Raschid et les matelots causaient assis dans l'embarcation ; ils paraissaient consternés. En apercevant leurs passagers, ils se levèrent précipitamment et coururent sur le rivage.

« Êtes-vous revenus ici depuis que vous avez quitté le bateau ? demandèrent-ils tous ensemble.

— Non, répondit Van Steen. Jusqu'à présent, nous sommes restés à l'hôtel qu'Aglas nous avait indiqué, et nous venons chercher nos bagages.

— Les bagages ne sont plus ici ; on les a volés ainsi que notre argent, nos valeurs.

— Comment ! s'écria Van Steen bouleversé, nos malles sont volées ? J'espère que non : elles renfermaient de précieux instruments qui devaient nous servir à Souakim.

— Nous étions partis, dit Hamed, pour chercher l'homme qui vous a dérobé votre argent. Nous avons fouillé tous les recoins du port : nulle part nous n'avons aperçu son canot, et aucun batelier ne l'a vu. Le mousse Nogara était resté pour garder le sambuk. Peu après notre départ, se présenta un individu qui se disait envoyé par Aglas pour chercher les bagages. Nogara devait l'accompagner. Cet imbécile — puisse le Prophète lui casser la tête ! — eut la bêtise de le laisser faire. Tous deux prirent chacun une malle et se dirigèrent vers l'hôtel où vous êtes descendus. Mais avant d'arriver au coin de la rue, le coquin mit les coffres à terre et ordonna à Nogara de l'attendre ; il avait, disait-il, une commission à faire dans une maison voisine. Notre imbécile lui obéit, et, pendant ce temps, l'inconnu enlevait notre argent.

— Et les bagages ?

— A son retour, le voleur dit à Nogara de l'aider à les transporter sous la porte cochère, puis il le renvoya. Pendant ce temps, nous arrivions ici et nous découvrions qu'on nous avait tout pris.

— Et vous ne vous êtes pas informés des bagages ?

— Hélas ! non. »

Dans leur chagrin, ils les avaient oubliés, et ne témoignaient aucune envie de s'en inquiéter.

Van Steen se précipita dans la cabine : les malles n'y étaient plus.

« Je parierais que ces brigands les ont pris eux-mêmes, murmura-t-il. J'allais rendre ma confiance au capitaine, mais l'aventure des perles et des bagages m'en empêchent. Je voudrais que Néleh fût ici avec une douzaine de kawas...

— Hamed, dit-il à haute voix, les coffres étaient sur le sambuk, confiés à la garde de ton père. Je l'en rends responsable.

— C'est vrai, répondit le matelot; mais qu'y peut-il ? Nogara est le seul coupable, et j'espère, par le Prophète, que son père est assez riche pour tout payer. »

Tandis qu'il parlait, douze kawas arrivaient au sambuk, mettaient la main au collet de tout l'équipage, et forçaient les matelots à les suivre chez le gouverneur.

Hamed et Raschid voulurent connaître la cause de l'arrestation et raconter l'histoire du vol; mais les kawas leur imposèrent silence et les enchaînèrent. Le mousse lui-même dut les accompagner, et le navire resta sans surveillance.

Snowdon et Van Steen revinrent sur leurs pas pour aller chez le gouverneur porter plainte.

En ce moment, on leur frappa sur l'épaule : c'était Néleh.

« Cette arrestation est mon ouvrage, dit-il. Ces bandits ont enlevé vos bagages, mais ils paieront leur vol de leur vie. Le gouverneur le prend au sérieux. Cependant, il faut de la prudence, de la prudence; un seul jour peut tout gâter. Fiez-vous à moi : je vous aiderai à retrouver vos bagages et les voleurs... Mais que vois-je? vous portez des armes à vos ceintures? des armes dans les rues de Souakim? Vous ne savez donc pas que cela est défendu aux étrangers sous peine de mort ! Le premier kawas qui s'en apercevra vous conduira en prison. Courez les déposer à l'hôtel, vous me rejoindrez ici. »

Consternés à cette nouvelle, nos deux Européens se hâtèrent de partir ; mais en route ils résolurent de ne pas se séparer de leurs armes ; ils les cachèrent dans leurs poches et revinrent au sambuk, où ils ne trouvèrent plus Néleh. ·

Après avoir attendu longtemps, ils retournèrent en ville. Qu'était devenu Néleh ? Pensant que leur absence serait longue, il était descendu dans un sambuk voisin qui, extérieurement, ne se distinguait pas des autres, mais ses dispositions intérieures étaient très curieuses. La cahute, plus haute que dans les autres bateaux, permettait à deux hommes de se tenir debout ou de s'asseoir commodément ; le plancher était très plat et ne pouvait supporter beaucoup de marchandises. Des matelots, on n'en voyait point. Seul, un vieux nègre dormait dans la cabine.

« Abdel-Nadir, cria Néleh mécontent en le poussant du pied, est-ce le temps de te livrer au sommeil ? »

L'homme se releva ; il était d'une grande stature, et ses membres nerveux pouvaient lutter contre une demi-douzaine de nègres.

« Abdel-Nadir ne dort pas, répondit-il, il s'en donne seulement l'apparence. J'ai bien vu que tu parlais à des étrangers. Sont-ce ceux dont tu m'as raconté l'histoire?

— Oui, et tu les verras de plus près aujourd'hui.

— Sais-tu que Raschid et Hamed sont à la recherche de ton sambuk?

— Sans doute, mais ils peuvent chercher long-temps. S'ils savaient que je l'ai troué pour le faire descendre dans la mer, ils s'épargneraient bien de la peine.... Dis-moi, as-tu reçu ce que je t'ai envoyé? »

Le nègre fit un signe affirmatif en indiquant un coin de la cabine où était un sac qu'il alla chercher en le secouant violemment pour faire résonner son contenu.

« Donne, dit Néleh; je vais les porter en bas. »

Abdel-Nadir se mit dans l'ouverture de la porte, et Néleh souleva un tapis qui dissimulait une trappe. Il s'y glissa et l'on entendit des coffres s'ouvrir et se refermer au milieu d'imprécations.

Abdel-Nadir se pencha sur la trappe. « Si le capitaine ne cesse pas de se parler à lui-même, dit-il à voix basse, les voisins vont croire qu'il y a quelqu'un en bas. »

Néleh voulut remonter.

« Les deux étrangers sont sur le quai, ajouta son compagnon. Que veux-tu faire?

— Attendre qu'ils soient partis. »

Dès que les Européens se furent retirés, Néleh remonta dans la cabine.

« Les as-tu bien examinés? les reconnaitrais-tu?

— Oui, dit l'autre. »

Néleh lui murmura quelques mots à l'oreille et voulut quitter le sambuk. Le nègre le retint.

« Cela n'en vaut pas la peine, reprit-il. Je crois qu'il vaut mieux lever l'ancre et partir pour Djedda. Il me semble que votre embarcation commence à attirer l'attention des curieux.

— Restons encore quelques jours, répondit Néleh. Il y a encore certaines occasions lucratives dont il faut profiter. Quand tout sera terminé, nous pouvons aller jusqu'aux Indes. La mer Rouge n'a plus de bonnes eaux pour nous, et les affaires sur les côtes nous prennent beaucoup de temps sans rapporter grand profit. Encore quelques jours et tu feras ce que tu voudras.

— Vraiment, Néleh, si c'est à cause des étrangers, il vaut mieux partir aujourd'hui que demain.

— Bah! les étrangers, c'est un accessoire. Du reste, mon ami, je t'ai déjà dit que tu attachais trop d'importance à des vétilles.

— As-tu visité les coffres? tes soupçons sont-ils confirmés?

— Ne m'en parle pas! Je n'ai jamais eu une si

grande déception. Rien que des guenilles, des objets sans valeur que j'aurais volontiers jetés au feu. Je n'ai vu nulle trace de perles ni de diamants. Je crois qu'on en a répandu le bruit pour me retenir plus longtemps sur la côte. Ou bien... il est possible aussi qu'ils les cachent dans leurs vêtements ; tu le verras. »

Néleh s'éloigna.

Lorsque Snowdon et Van Steen passèrent devant la véranda, l'hôtelier leur fit signe.

« On a apporté deux malles pour vous, » dit-il.

Aussitôt ils se précipitèrent dans leur chambre.

« Dieu soit loué ! ce sont de braves coquins, s'écria Snowdon.

— Doucement ! reprit Van Steen. Avant de proclamer l'honnêteté de ces hommes, il faut vérifier le contenu. »

Il n'ouvrit la serrure qu'avec difficulté.

« Une main étrangère a passé par ici, continua-t-il. Je sais dans quel ordre j'avais tout disposé, et ce qui était en haut se trouve en bas. »

Il retira chaque pièce une à une et mit le tout sur la table.

« Tout y est ! s'écria-t-il. Rien ne manque, pas même un mouchoir.

— Ici non plus, dit Snowdon. Le voleur n'a sans doute pas trouvé ce qu'il cherchait. Qui a apporté les malles, demanda-t-il à l'hôtelier.

— C'est un nègre comme ceux que l'on emploie ici pour porter les fardeaux, répondit le Turc; mais je ne le connais pas et je n'ai pas fait attention à lui. »

A peine avaient-ils remis leurs effets en place que Néleh leur cria de loin :

« Les malles sont là, n'est-ce pas ?

— Les voici : explique-nous comment elles se sont retrouvées ? »

Le nègre sourit et se frotta les mains.

« Ah! dit-il, celui qui connaît les habitants de Souakim sait comment il faut les traiter. Au premier portefaix que j'ai rencontré, je lui ai dit : On vient de voler deux malles à des Européens. Celui qui les rapportera à l'hôtel recevra une poignée d'écus de Marie-Thérèse. Voici un florin : demain je paierai le reste. Voilà tout ce que j'ai fait, et comme vous le voyez, j'ai réussi.

— Très bien, riposta Snowdon; mais je pense qu'il ne te sera pas difficile de découvrir le voleur pour le conduire au tribunal.

— Je ne voudrais le faire pour rien au monde. Si vous touchez un de ces brigands, vous les avez tous sur le dos, et si vous ne savez pas vous mettre à l'abri des coups, vous êtes un homme mort. Tenez-vous-le pour dit.

— Mais tu as parlé d'écus de Marie-Thérèse, dit Van Steen; comment connais-tu ce nom? »

Néleh tira de sa poche une poignée de pièces d'argent, qu'il déposa sur la table.

« Regardez, n'est-ce pas cela ?

— Ah ! je n'aurais jamais cru retrouver cette monnaie dans ce pays. Comment viennent-ils ici ? demanda Van Steen.

— C'est une question à laquelle je ne puis. pas répordre, dit Néleh. Ces pièces ont cours comme les piastres, et le dernier gamin des rues les connaît comme moi. Mais venez, je vais vous montrer les monuments de la ville avant le soir, car à la nuit tombante, il y a une telle foule qu'on ne peut plus passer. Les habitants dorment pendant le jour. »

VI

Le cadi de Souakim.

Hamed, Raschid, et leurs compagnons chargés de chaînes, avaient été conduits par les kawas au palais où le gouverneur de la province faisait sa résidence. Des gardes en surveillaient l'entrée, et l'un d'eux se hâta d'aller annoncer l'arrivée des prisonniers. Il revint bientôt et les fit passer par une petite porte devant laquelle deux kawas se promenaient armés de toutes pièces. Une galerie étroite et sombre les conduisit dans un cachot qui ne recevait de jour que par une petite lucarne dont la hauteur ne laissait aucun espoir de fuite. Les deux matelots s'étendirent sur la paille de mauvaise humeur.

« Quelle est la cause de notre arrestation? demandait Raschid.

— Il n'y en a pas d'autre que l'enlèvement des

malles, répondit Hamed en contenant sa colère. Le voleur nous a dénoncés comme les vrais coupables pour se mettre à l'abri. C'est à ce chien de Nogaia que nous le devons, lui qui n'a pas su remplir son devoir. Que va penser Aglas, quand à son retour, il trouvera le sambuk vide? Vraiment le mousse mérite la bastonnade. Pendant ce temps, Néleb que nous avons tant d'intérêt à retrouver, aura tout loisir pour s'échapper, et, si les bagages ne sont pas bientôt rapportés, nous répondons du contenu, tout en ayant à subir un sévère châtiment. »

Les autres matelots s'exprimèrent de la même façon. Leur fureur s'en accrut, et le pauvre mousse eut à subir leurs mauvais traitements. Comme ils étaient liés à de longues chaînes, ils purent s'approcher de lui, le rouer de coups et le fouler aux pieds. Nogara poussait des cris de détresse, l'équipage le chargeait de malédictions : le tumulte s'entendait à l'étage supérieur.

Tout à coup la porte s'ouvrit : des kawas, armés de fouets, s'élancèrent sur les prisonniers et frappèrent dans le tas pour rétablir le silence.

« Qu'on ne vous entende plus, cria un des gendarmes : ou vous aurez la bastonnade!

Les matelots rampèrent dans leurs coins en maugréant, tandis qu'Hamed disait d'un ton piteux à l'un des kawas :

7

« Apprends-nous pourquoi nous sommes ici : nous n'avons conscience d'aucune mauvaise action.

— Es-tu Hamed ? demanda le policier.

— Je suis Hamed, le fils d'Aglas.

— Alors suis-moi. En haut tu trouveras quelqu'un pour te répondre. »

Hamed sortit silencieux et traversa plusieurs corridors qui le conduisirent dans l'autre aile du palais.

Il se trouva bientôt verrouillé dans un cabinet dont le grillage le séparait d'un divan sur lequel reposait le cadi. Celui-ci n'y fit nulle attention ; les yeux fermés, il fumait tranquillement son chibouk. Le murmure monotome de sa pipe le berça bientôt dans un paisible sommeil et le tuyau s'échappa de sa bouche. Hamed eut le temps de réfléchir à sa mésaventure et aux moyens d'en sortir. Mais il avait beau chercher, il ne trouvait rien. Il ne pouvait se dire qu'une chose, c'est que Nogara était seul coupable d'avoir laissé prendre les coffres. Sa pensée se reportait sans cesse vers son père : il le voyait revenir au sambuk et se représentait l'inquiétude du capitaine en ne retrouvant plus son équipage.

Une heure s'était ainsi passée dans de sombres réflexions, lorsque le cadi Gigra se réveilla. Il se frotta les yeux, reprit le tuyau de son chibouk et regarda autour de lui, les paupières encore alourdies par le sommeil. En apercevant le prisonnier derrière

Aglas et les plongeurs devaient être aux prises. Nos
voyageurs se précipitèrent à la véranda (p. 76.)

le grillage, il parut se rappeler ses devoirs, se redressa en repliant les pieds sous lui, puis frappa trois fois dans ses mains.

A ce signal, une porte s'ouvrit et un esclave parut en faisant une profonde inclination.

« Du feu! » dit le cadi.

L'esclave ralluma la pipe qui s'était éteinte et se retira sans bruit, comme il était venu. Gigra se remit à fumer, et semblait vouloir recommencer un somme lorsque Hamed attira son attention en toussant légèrement.

« Silence là-bas ! cria le cadi d'une voix de tonnerre : qui ose ici troubler le repos sacré de la chambre de justice? »

Hamed se tint coi.

« Qui es-tu? demanda le cadi un instant après?

— Je suis Hamed, le fils d'Aglas le pêcheur de perles, répondit le prisonnier du ton le plus humble.

— Dis plutôt le fils du coquin, s'écria Gigra en lançant des bouffées de fumée au plafond. Tu sais que ton père est enfermé dans un cachot.

— Mon père au cachot? est-ce possible ! Lui qui n'a jamais fait tort à personne !

Le cadi sans tenir compte de cette exclamation continua :

« D'où venez-vous ?

— De Kosséir.

— Dans quel but?

— Deux Européens ont frété notre sambuk jusqu'à Souakim.

— Êtes-vous venus ici sans interrompre votre voyage?

— Non, seigneur. Les étrangers se sont arrêtés quelquefois assez longtemps pour visiter un point de la côte, et nous nous sommes livrés à la pêche aux perles pour ne pas perdre notre temps.

— Avez-vous pris des nègres à votre service?

— Nous en avions quelques-uns. L'un d'eux a été saisi par un requin et est mort en route.

— C'est ce que l'on m'a dit, mais on prétend que vous l'avez exposé à dessein à ce terrible danger.

— C'est une calomnie. Vous savez bien qu'il ne se passe presque pas de jour où n'arrive un malheur semblable.

— Je n'en sais rien, et si je le savais, tu n'aurais pas le droit de me le rappeler. Vous avez eu, dit-on, l'intention de vous débarrasser de tous les nègres pour ne pas avoir à les payer.

— Qui ose porter une telle accusation contre nous? s'écria Hamed indigné. Nous n'avons jamais pensé à diminuer leur salaire, encore moins à menacer leur vie.

— Surveille ta langue, dit le cadi en colère. On vous accuse, et tu ne peux vous justifier qu'en prouvant le contraire.

— Seigneur, reprit Hamed, personne ne pourrait le faire. C'est à ceux qui nous accusent à prouver ce qu'ils avancent.

— Prétends-tu me montrer comment je dois rendre la justice, chien que tu es.? Oserais-tu nier que les nègres étaient fort mécontents de votre manière d'agir? et que vous aviez souvent des disputes avec eux?

— Ceci est vrai, mais leur mécontentement ne venait point de nous. Ils demandaient un partage injuste et repoussaient toutes les propositions que leur faisait mon père.

— Oui, des propositions qu'ils ne pouvaient accepter. Autre chose avant de continuer. Les étrangers dont tu as parlé, portaient beaucoup d'argent dans leurs ceintures.

— Oui, seigneur. Leur avoir leur a été enlevé par un audacieux brigand, pendant qu'ils dormaient sur les ruines de Bérénice.

— Par un certain Néleh, n'est-ce pas? qui infeste les rives de la mer Rouge?

— Du moins c'est lui que nous soupçonnons, bien que nous ne l'ayons pas pris sur le fait.

— Vous êtes de rusés compères, dit le Cadi en riant aux éclats. C'est vous-mêmes qui êtes les voleurs et vous accusez Néleh pour échapper au châtiment, mais vous verrez que le Cadi Gigra ne se laisse pas duper ainsi. Dis-moi, quels moyens avez-vous concertés pour dépouiller les nègres de leur salaire?

— Aucun, par le Prophète! aucun, s'écria Hamed. Personne de nous n'a songé à leur retenir une piastre.

— Les nègres soutiennent le contraire, et ils disent la vérité : on sait maintenant quel rusé coquin est ton père. »

Hamed leva les yeux en entendant l'accusation que l'on portait contre Aglas.

« Seigneur, reprit-il, mon père doit être sur le sambuk. Si vous le croyez coupable, faites-le venir; vous verrez que c'est un honnête homme.

— Ha! ha! dit Gigra en riant, tu me prends pour un imbécile. Si je l'avais laissé retourner au sambuk, il y a longtemps qu'il aurait pris le large. Non, non : il est ici sous de solides verrous et il y restera jusqu'à ce qu'il soit pendu.

— Seigneur, vos paroles sont cruelles, répondit Hamed épouvanté. Quel crime Aglas a-t-il commis pour mériter un tel châtiment?

— Je ne devrais pas te répondre puisque tu as agi de concert avec lui et que tu connais toutes ses ruses. Mais il ne sera pas dit que le Cadi Gigra joue un jeu caché. Ton père a vendu les perles, et il a voulu payer les plongeurs avec des morceaux de fer en prétendant qu'il avait reçu cette monnaie du marchand,

— Si Aglas a fait cela, il mérite d'être puni, mais, seigneur, vous découvrirez bientôt que c'est une erreur : mon père est incapable d'une telle fourberie.

— Je ne puis admettre les assurances de son complice. Économise donc tes paroles et avoue sincèrement la part que tu as prise dans cette affaire.

— Comme il n'y a pas eu de duperie, repartit Hamed, je ne puis pas avouer ma complicité. Nous-mêmes nous avons été volés ; pendant notre absence, on a enlevé tout ce qui se trouvait sur le sambuk. Si vous parvenez à mettre la main sur le malfaiteur, tout s'éclaircira.

— Je vois que tu es un fripon endurci qu'une sévère captivité rendra plus souple. Demain, tes réponses seront peut-être plus satisfaisantes. »

Il frappa dans ses mains : l'esclave parut.

« Appelle un kawas, » dit le cadi.

Quand celui-ci parut :

« Conduis cet homme au cachot des grands criminels, ajouta-t-il. Tu le mettras au pain et à l'eau jusqu'à ce qu'il avoue. Ce soir, tu m'amèneras Raschid ; pour le moment, je veux du repos. »

Hamed fut jeté dans une sombre prison où l'on ne voyait absolument rien. En vain se creusa-t-il la tête pour découvrir quel crime son père avait pu commettre ; il n'en avait aucun soupçon. De fatigue, il s'endormit.

L'interrogatoire de Raschid, qui eut lieu à la nuit tombante, se passa de la même manière, et le matelot fut, comme Hamed, renfermé dans une cellule sans lumière.

Pendant ce temps, le cadi descendait vers le port et montait dans un de ces nombreux canots qui font le service entre la ville de Souakim et le village de Gef. Les rameurs, qui tout à l'heure riaient à gorge déployée, gardèrent soudain le plus profond silence. C'est que le cadi était très redouté, et son approche faisait taire la joie la plus bruyante. Combien de fois n'avait-on pas vu un malheureux matelot cité au tribunal de Gigra pour avoir, pendant la traversée, prononcé un mot indiscret !

Ce soir cependant, le cadi paraissait occupé d'autres pensées. Ses yeux ne quittaient pas la terre, et il ne faisait pas attention à ce qui se passait autour de lui. Lorsqu'on eut abordé, il descendit sans mot dire, et, toujours plongé dans ses réflexions, il traversa silencieux les groupes de chaumières où les habitants prenaient leur repos.

Les environs de Gef n'ont pas l'aspect monotone du désert ; on y voit plutôt une belle réunion de jardins potagers et de dattiers. Partout le sol produit abondamment, et c'est le village de Gef qui approvisionne Souakim.

Au milieu d'un bosquet de palmiers s'élevait une élégante construction dans le style turc, dont les fenêtres étaient brillamment éclairées. C'était là que Gigra dirigeait ses pas.

Une esclave vint lui ouvrir la porte, croisa les bras sur sa poitrine et dit d'un ton soumis :

« Qu'Allah protège ton entrée dans cette maison ! »

Le cadi franchit le seuil sans répondre et passa dans ses appartements où l'attendait un souper copieux. Il s'étendit à son aise sur le divan et goûta de tous les mets qui n'étaient pas toujours selon les prescriptions du Coran. Dans une carafe en cristal taillé scintillait un vin rouge non prévu par le Prophète, et que Gigra dégustait en gourmet.

A chaque verre, son humeur semblait s'adoucir.

Son repas terminé, il se rendit dans ses salons qui formaient un vrai palais. Quatre grands flambeaux et des lustres immenses jetaient leurs rayons colorés de mille couleurs sur de charmants bouquets et des divans d'un luxe inouï.

Dans le salon du milieu se trouvait une jeune fille pauvrement vêtue. Elle était d'une beauté remarquable, et même dans ses haillons, elle avait un air de princesse.

Au moment où Gigra ouvrait la porte, elle se retira dans un des appartements intérieurs.

« Où est Betsi ? » demanda le cadi à une négresse qui époussetait une broderie.

Celle-ci indiqua la chambre du doigt.

Le cadi souleva un lourd rideau en damas et traversa plusieurs appartements. Le dernier dépassait les autres en splendeur. Des tapis de Perse couvraient le parquet ; les murailles étaient tendues d'étoffes tissues d'or ; les meubles, en bois précieux, répandaient les plus doux parfums ; la suspension, ornée de clochettes roses, était en or massif.

Au milieu de cette magnificence, la jeune fille était triste et sombre. Devant elle, sur une table en bois de rose, reposait sa main qui tenait un petit poignard de Bischari.

« Betsi, dit Gigra, laisse cette arme : elle ne convient pas à ta beauté. »

Mais Betsi garda le poignard et ne répondit point.

« Ton obstination n'est donc pas encore brisée ? Tu ne peux pas te résigner à devenir ma femme ? »

Elle secoua la tête en signe de dénégation.

« Insensée, pourquoi n'as-tu pas mis la toilette que je t'ai envoyée ? Tu n'y as pas touché !

— Et je ne le ferai jamais. Rendez-moi la liberté, c'est tout ce que je désire.

— Tes pieds foulent ici de moelleux tapis ; dehors ils ne rencontreront que des pierres et des épines. Ici l'abondance, là la pauvreté. Ici tu auras tout ce que demanderont tes caprices ; une parole de ta bouche, un regard de tes yeux, et l'on viendra te satisfaire, tandis que dans ta chaumière tu devras travailler comme une bête de somme sans pouvoir manger à ton appétit. Je suis l'homme le plus riche de Gef, et chaque jour augmente mes richesses. Sois donc raisonnable et consens à m'épouser.

— Jamais ! répondit Betsi d'un ton décidé.

— Quelles sont tes raisons ?

— Il y en a beaucoup. Vous m'avez enlevée de force à ma famille ; vous êtes musulman et je suis chrétienne.

— O Betsi ! si je t'ai enlevée, c'est parce que tu surpasses toutes les autres femmes en beauté ; si je suis musulman, c'est la faute de mes parents qui m'ont fait élever dans la croyance de leurs ancêtres. Mais, si tu le veux, je me ferai chrétien.

— Ceci ne changerait point mes sentiments, car je n'ai aucune estime pour vous. Seriez-vous le sultan lui-même, m'offririez-vous tous les trésors du monde, je les repousserais. Nous autres chrétiennes, nous n'épousons que des hommes dont la vie est honorable.

— La mienne ne l'est-elle donc pas ?

— Le cadi Gigra entasse crimes sur crimes, mais il sait les couvrir de ses fonctions et de son air sérieux. »

Le cadi blêmit de colère.

« Si quelqu'un, autre que toi, avait prononcé ces paroles, il les paierait de sa tête ou de la prison perpétuelle. Mais je te pardonne, pour te prouver combien tu m'es chère.

— Je n'y vois que l'injustice d'un juge et la vengeance d'un homme offensé.

— Par le Prophète ! s'écria-t-il, qui m'empêche de briser cette opiniâtreté !

— Ce poignard, Gigra, que je vous plongerai dans le cœur. Ne l'évitez-vous pas depuis plusieurs semaines, parce que vous êtes un lâche qui redoutez l'énergie d'une jeune fille. Osez m'approcher, ma menace sera accomplie ! Vous pouvez m'enlever la vie, que m'importe ? Plutôt mourir que de devenir la femme d'un tel homme !

Gigra sortit ivre de fureur ; ses lèvres tremblaient, ses yeux lançaient des flammes ; mais, comme Betsi l'avait dit, c'était un lâche.

— Je connais un moyen de la dompter, murmura-t-il en se jetant sur un divan.

Épuisé par cette lutte morale, il s'endormit.

Longtemps encore, Betsi resta pensive, le poignard à la main. De longs soupirs soulevaient sa poitrine ; ses regards se levaient vers le ciel ; elle se sentait très malheureuse.

— Il faut que j'échappe à cette captivité, se dit-elle. Je sais que l'on me surveille de tous côtés ; cependant, je veux faire encore une tentative, quand même elle devrait échouer comme les autres.

Elle se leva et quitta l'appartement. Son pas glissa sur les tapis sans faire de bruit. Mirza, la négresse, dormait sur le seuil de la porte, accablée par les longues veilles qu'on lui imposait. Betsi passa sans la réveiller, et parvint dans le parterre sans avoir été vûe. Croyant entendre des pas, elle courut se cacher dans un buisson de sycomores. Son oreille ne l'avait pas trompée : un Turc portant un paquet se glissait dans la chambre à coucher de Gigra.

Elle était d'autant plus surprise de cette visite à cette heure de la nuit, que ses différentes tentatives de fuite lui avaient appris que la porte du jardin était toujours fermée et qu'on ne pouvait franchir le mur qu'à l'aide d'une échelle. Aussi se proposait-elle de faire sauter la serrure avec son poignard qui ne la quittait pas. Mais que voulait cet homme? quelles étaient ses intentions? pourquoi venir à une heure si tardive? Elle marcha à pas de loup jusqu'à la porte de l'appartement qui était entr'ouverte, ce qui lui permit de voir le Turc déposer son paquet et s'approcher du cadi qui dormait.

« Eh bien, Gigra, cria le nouveau venu, c'est ainsi que tu veilles en m'attendant?

— Pour des gens de ta sorte, répondit Gigra en riant, c'est un vrai bonheur quand le cadi dort.

— Ou quand il est aveugle, répondit le Turc sur le même ton en lui remettant le paquet. Regarde ce que te rapportent ton sommeil et ton visage sévère : tu trouveras que c'est une jolie somme. »

Le cadi soupesa le paquet ; il le trouva lourd, ce qui lui arracha un sourire, et il l'ouvrit rapidement. Une quantité de grosses pièces d'or s'en échappa en roulant sur le tapis avec un son argentin.

« J'espère qu'elles ne sont pas fausses comme celles que tu donnes quelquefois à tes clients ? demanda-t-il.

— Examine-les, dit le Turc. Je suis encore trop dans tes mains pour oser pareille chose. Avant de me retirer, je dois te dire que j'ai reçu avis d'un dépôt de perles inestimables qui doivent se trouver à Souakim ; mais il est difficile de s'en emparer : il me faut au moins une semaine.

— Il a été convenu entre nous que tu prenais congé aujourd'hui, répondit Gigra ; cela ne peut pas durer plus longtemps. Il y a maintenant tant de vols et de fourberies que le gouverneur en a fait la remarque.

— Huit jours sont une bagatelle pour la lenteur du tribunal ; il faut me les accorder, d'autant plus que ton profit sera énorme. Vois cette perle : les marchands en donneraient au moins trois mille écus de Marie-Thérèse : je t'en fais cadeau ; mais dans huit jours, ce sera bien autre chose. »

Le cadi prit la perle et l'examina avec la plus scrupuleuse attention.

« C'est une belle pièce, dit-il satisfait. Je l'accepte volontiers, et je suis à ton service, si tu m'assures que l'affaire sera terminée en huit jours.

— Qu'Allah me protège, si cela doit durer plus longtemps ; car je dois descendre à Marsouah, où ma présence est nécessaire à cause de l'importance du travail. Je resterai six mois dans cette ville et aux environs. Jusque-là les vieilles histoires seront oubliées, et tu me feras savoir quand je puis revenir. En attendant, ma maison reste fermée.

— J'aurai des difficultés avec les pêcheurs de perles ; on n'a rien à gagner avec eux et on perd son temps à les exciter contre les Européens.

— Il n'est pas nécessaire d'en tirer profit ; si tu peux les garder sous les verrous jusqu'à ce que je leur aie échappé, cela suffit. Ne vaudrait-il pas mieux enfermer aussi les Européens ?

— Par le Prophète ! je m'en garderai bien. Ils se réclameraient immédiatement d'un consul ou d'un ambassadeur étranger, et tout finirait mal.

— En attendant, j'ai pris mes précautions sous ce rapport. Au revoir.

— Encore une chose, dit Gigra. Betsi ne veut rien entendre, malgré toutes mes prévenances. Elle s'opiniâtre à refuser ma main et ma fortune.

— Tant mieux, cadi. C'était une folie de ta part de la faire enlever pour l'amener ici.

8

— Mais je veux briser sa volonté, quoi qu'il puisse en résulter. Tu dois me venir en aide.

— Comment?

— Je n'en sais rien moi-même. Toi qui es rusé, tu inventeras bien quelque chose. »

Le Turc se promena dans la chambre en se frottant le front comme pour en faire jaillir une idée. Enfin, il s'arrêta devant le cadi.

« Il faut se saisir de ses parents et les menacer de mort; c'est le seul moyen de la rendre souple. Mais cette mesure doit être exécutée cette nuit même, car toutes les autres ont déjà leur emploi. On chargera Abdel-Nadir de cette expédition; lui seul est capable d'initiative. »

En apprenant ces projets, Betsi trembla de frayeur; il n'y avait pas un moment à perdre pour prévenir ses parents et les instruire du danger. Sans hésiter, elle courut à la porte du jardin qu'elle trouva ouverte.

« Cet homme est celui qui m'a enlevée près de la fontaine pour m'emporter ici, se dit-elle. S'il sort avant moi, mes parents sont perdus! »

D'un bond elle fut dans la montagne, s'arrêtant à peine pour reprendre haleine; mais sa crainte pour les siens lui donnait des ailes. Le plus léger bruissement d'une feuille tombant à terre la frappait d'épouvante; elle faisait alors des bonds de gazelle, dévorant le désert malgré tous les obstacles. Sa main se crispait sur son poignard, car elle était bien décidée à tuer son ennemi et celui de ses parents.

Encore quelques efforts et elle arrivait à son but. Déjà elle apercevait le toit de sa cabane, lorsqu'elle entendit un rugissement épouvantable.

« Mon Dieu! mon Dieu! soupira-t-elle. Si c'était un lion ou un autre carnassier! Mes forces sont épuisées; je ne pourrais plus me défendre. »

Un nouveau rugissement ébranla la solitude.

« Mon père! ma mère! s'écria-t-elle hors d'elle-même, sauvez votre Betsi! »

Mais elle était encore trop loin de la chaumière; personne ne pouvait entendre sa voix; le lion arrivait directement sur elle. Affolée de terreur, elle poussa un cri terrible et tomba sur le sol évanouie.

Mais le roi du désert passa avec un air de mépris et descendit la montagne d'un pas majestueux; il n'était pas avide du sang humain; il cherchait un autre ennemi.

VII

Le caveau des morts.

Dès que nos deux Européens furent de nouveau en possession de leurs malles, ils se sentirent repris du désir de connaître la vie et les usages des habitants de Souakim. Néleh était un excellent guide : il connaissait non seulement les différentes familles, mais encore les particularités qui les distinguaient.

« Souakim, leur disait-il, est la capitale de la province du littoral qui s'étend sur une longueur de cent quatre-vingts milles de Ras-Rauaï à Ras-Aquib ; sa largeur n'a guère que vingt milles.

— On désigne les habitants primitifs sous le nom de Bedjaniehs : ils sont d'origine éthiopienne et se divisent en une infinité de tribus nomades. Ceux qui ont fixé ici leur domicile à cause de leur commerce sont surtout des Turcs, des Arabes et des Égyptiens.

Leurs maisons se distinguent au premier coup d'œil : elles sont hautes, bien bâties et d'une propreté remarquable.

— On en voit même de très jolies, dit Van Steen : je suis d'autant plus surpris d'apercevoir ces huttes en paille qui sont éparpillées dans les intervalles.

— Les habitants de ces huttes, reprit Nôleh, sont d'anciens nomades qui se sont établis ici et à Gef, sans abandonner ni leurs coutumes ni leur simplicité ; mais les tentes des tribus qui parcourent le désert, sont plus primitives. »

Van Steen et Snowdon exprimèrent le désir de visiter l'intérieur de l'une de ces huttes : Néleh choisit la première qu'on rencontra. Elle était petite et en forme de rectangle ; sa carcasse se composait de branches tortues non taillées, recouvertes de nattes de paille et d'écorce, et surmontées d'un toit rond.

Le guide y fit entrer les voyageurs qui furent reçus avec bienveillance, et invités à prendre part au repas de la famille. Au premier coup d'œil, on sentait que les habitudes transmises par les ancêtres n'avaient pas éprouvé de grandes modifications. Les ustensiles de ménage accusaient l'indigence ; quelques pots en terre, des cruches et des outres en peau de chèvre, des couvercles en paille pour protéger les provisions, quelques jattes de lait, un bouclier, une lance, une selle de chameau ; c'était là tout le confort de l'habitation.

« Mais ce qui frappa surtout les Européens, ce furent les anneaux d'or que les femmes portaient au nez ; la civilisation au milieu de laquelle elles vivaient, donnait à cette coutume quelque chose de repoussant. Ils eurent plus de plaisir à voir les pendants d'oreilles, et les cercles en métal précieux qui entouraient leurs poignets et leurs pieds.

« Quelles sont vos occupations ? demanda Van Steen.

— Notre principale industrie est l'élevage du bétail et des chameaux ; nous allons à la chasse et nous faisons un peu d'agriculture, et notre commerce consiste en tissus de laine, en peaux, en beurre et en viande de boucherie.

— Mais que faites-vous de tous ces chameaux que j'aperçois ?

— Nous les louons aux pèlerins et aux caravanes. De Souakim il y a plusieurs routes pour arriver au Nil, par Berber, Chatroum et Schendi, et les voyageurs sont obligés de se servir de ces montures. »

Nos amis prirent congé de leurs hôtes : ils visitèrent successivement le palais du gouvernement, la douane, le bazar et plusieurs mosquées ; ce qui les intéressa surtout ce fut une forteresse armée de deux canons dont la gueule était tournée vers Gef, comme si les Turcs avaient craint une révolte de la part de ses paisibles habitants.

— Ce sont ces villageois, dit Néleh, qui fournissent Souakim de toutes ses provisions : ils ap-
portent sans cesse des volailles, du lait, de l'eau, des
légumes. C'est un continuel va-et-vient, comme vous
l'avez vu sur le quai. »

Les voyageurs exprimèrent le désir de traverser le
bras de mer, mais Néleh les en dissuada.

« Laissons cela pour demain, dit-il ; il vaut mieux
nous amuser aujourd'hui à voir les différents costumes
dans les rues. »

A mesure que la soirée s'avançait en ramenant la
fraîcheur, les habitants de Souakim quittaient leurs
demeures pour descendre dans la rue, et les deux
Européens eurent un vrai plaisir à voir défiler sous
leurs yeux tant de types divers ayant chacun un
habillement particulier qui leur permettait de ne jamais
se confondre.

« Je vais maintenant vous conduire chez le gouverneur, dit Néleh : c'est l'heure où il reçoit les visites,
et il sera enchanté de faire votre connaissance. Vous
pourrez profiter de cette occasion pour déposer votre
plainte contre Aglas. Elle sera d'autant plus écoutée que
ce dernier est déjà sous les verrous pour escroquerie. »

Ni Van Steen, ni Snowdon ne tenaient beaucoup à
accuser le capitaine, puisqu'il était déjà en prison ;
mais Néleh sut si bien leur dépeindre le danger qui
les menaçait qu'ils suivirent son conseil. Après avoir

erré quelque temps dans les rues, ils arrivèrent à un bâtiment dont l'obscurité ne permettait point de distinguer les contours.

Van Steen exprima sa surprise de ne pas voir de kawas à la porte.

« Ceci est l'entrée réservée aux visites particulières, » dit leur guide en frappant dans ses mains.

Une porte étroite s'ouvrit pour laisser passer un nègre de haute taille.

« Le gouverneur est informé de la visite de ces Messieurs, continua Néleh : conduis-les chez lui. J'ai encore une petite course à faire non loin d'ici ; je reviens sur le champ. »

Il partit aussitôt, et le nègre ferma la porte derrière les Européens. Ceux-ci furent étonnés de l'obscurité qui régnait dans la pièce où ils se trouvaient : il leur semblait extraordinaire qu'un gouverneur exposât ses visiteurs à se casser le cou sur un terrain inconnu. Néanmoins ils suivirent en tâtonnant les pas de l'esclave qui les conduisit dans une vaste salle faiblement éclairée par une lampe suspendue au plafond.

« Restez ici, leur dit-il ; je vais vous annoncer. Il resta longtemps absent.

— Le gouverneur se trouve subitement indisposé, reprit-il à son retour ; il vous invite à passer la nuit dans cette chambre ; demain matin la première audience sera pour vous.

— Nous préférons rentrer à l'hôtel, » répondit Van Steen en se disposant à partir. Mais le nègre avait disparu.

« Attendons le retour de Néleh, dit Snowdon : son absence ne peut plus durer longtemps. »

Les quarts d'heure succédaient aux quarts d'heure et Néleh ne revenait point.

Nos étrangers commencèrent à être inquiets; ils coururent à la porte pour appeler le nègre. Qu'on juge de leur terreur! Elle était fermée, personne ne répondit à leurs cris.

« C'est un drôle de palais, dit Snowdon, si l'on y enferme les visiteurs. Serions-nous tombés dans un piège ?

— On le dirait, répondit Van Steen, et je crois que nous ferons bien d'examiner cette chambre plus attentivement. La lampe ne nous éclaire pas assez pour sonder ses mystères ; je vais allumer une bougie de mon porte-cigare. »

A la première inspection, ils s'aperçurent que la chambre n'avait pas de fenêtres, ils étaient donc séparés du monde entier.

« Malheur ! dit Snowdon, on pourrait nous étrangler ici sans que personne le sache.

— Et je crains bien qu'on n'en ait l'intention, ajouta Van Steen, en examinant si le parquet n'avait pas une trappe. Mais celui-ci était recouvert d'un vieux tapis rouge usé jusqu'à la corde, et qui sans doute n'avait pas été soulevé depuis des années. Ce n'était donc pas de là que le péril les menaçait. Le plafond était trop haut, impossible de le sonder. Dans les parois ne se trouvait aucune portière, et l'on ne voyait pas d'autre issue que celle par laquelle ils étaient entrés.

« Il faut attendre ce qui arrivera, murmura Van Steen à voix basse ; nos soupçons sont peut-être mal fondés. En tous cas, soyons sur nos gardes et ne nous endormons pas. »

Ils s'assirent sur le divan, le pistolet à la main, écoutant si personne n'approchait. Mais ils n'entendirent pas le plus léger bruit, pas même les clameurs de la rue ; il fallait donc en conclure que les murailles étaient très épaisses.

Les heures se passèrent ; la lampe s'éteignit ; ils étaient dans la plus complète obscurité.

Tout à coup, il leur sembla percevoir un léger craquement de l'autre côté de la paroi, comme si l'on ouvrait doucement une porte dans la chambre voisine. Ils prêtèrent l'oreille : ce n'était pas une illusion des sens ; la porte se referma, et l'on entendit des pas étouffés. Le divan laissa passer un filet de lumière qui raya le plafond. Ils tâtèrent le divan et découvrirent qu'il avait une fente au milieu.

Se levant sans bruit, ils reculèrent à une certaine distance, le doigt sur la gâchette du pistolet. Le rayon de lumière s'agrandit et le divan se sépara en deux. Aussitôt ils se penchèrent sur l'ouverture pour reconnaître l'ennemi. C'était le nègre qui les avait introduits la veille. Dans sa main brillait un poignard; il paraissait très surpris de ne trouver personne sur les coussins. Sans doute il n'avait pas pensé que les étrangers seraient sur leurs portes.

« Ces barbares, se disait-il, n'ont probablement pas de divans dans leur pays; ils dorment sur le parquet. »

Il posa sa lanterne, se glissa par l'ouverture du sopha et regarda autour de lui.

En apercevant les visiteurs armés, il fut pris d'un tremblement convulsif.

« Brigand! s'écria Van Steen, tu viens pour nous assassiner! Parle, qui t'a envoyé? quelles sont tes intentions? Parle, ou je te tue comme un chien. »

Le nègre ne parut pas craindre autant que Néleh la menace du pistolet. Il s'élança sur le canon avec son poignard, mais une balle lui traversa le poignet et lui coupa deux doigts.

Il laissa tomber son arme en poussant des cris horribles, et s'enfuit en rampant par où il était venu. Van Steen et Snowdon coururent à sa poursuite ; il était trop tard, le divan s'était refermé, et seules les taches de sang qui piquaient le parquet témoignaient de l'attaque qui venait d'avoir lieu.

« Vite ! cria Snowdon, ne le laissons pas échapper.

— Prudence ! répondit Van Steen ; il est peu probable qu'il soit seul. Cet homme va certainement chercher du renfort, et nous avons besoin de tout notre sang-froid pour nous défendre. »

Tous deux avaient les yeux fixés sur le divan, s'attendant à un nouveau combat.

Mais non ; ils entendirent le nègre gémir pendant quelques minutes, puis tout retomba dans le silence.

La lanterne était restée ; elle leur permit d'examiner la chambre et ils se rendirent compte de la place où le divan se partageait en deux, mais sans pouvoir remuer le meuble.

« Attendons encore, » dit Van Steen.

Cependant les heures passaient sans apporter de diversion.

La faim commençait à les tourmenter ; il fallait sortir à tout prix.

Snowdon frappa la porte de son poignard ; la lame ne rencontra que du fer. Les prisonniers se décidèrent à démolir le divan. A peine avaient-ils ôté la dernière planche qu'ils se trouvèrent en pleine lumière, dans une petite chambre qui donnait sur une cour.

Mais avant de faire un pas, ils tâtèrent le terrain ; une caisse, une table recouverte d'un tapis leur inspiraient des soupçons, et ils craignaient toujours d'être surpris par une bande d'assassins. Une large trace de sang leur indiqua la route que le nègre avait prise. Ils arrivèrent dans une espèce de cuisine communiquant à une cave par une trappe qui était ouverte et entendirent un faible gémissement.

« Qui est là ? demanda Van Steen à haute voix.

— Oh ! aidez-moi à sortir d'ici, répondit quelqu'un en soupirant ; je suis tombé, j'ai une jambe cassée. »

Ils hésitèrent. C'était peut-être une ruse pour les attirer dans un guet-apens. Mais les plaintes augmentant de minute en minute, les décidèrent à porter secours au malheureux. Le pistolet au poing et braqué en avant, ils descendirent l'escalier.

« Es-tu seul ici ? dit Snowdon ; nous sommes armés, et au moindre mouvement je te logerai une balle dans la tête.

— Je suis seul, il n'y a personne dans cette maison. Allah vous comblera de bienfaits, si aujourd'hui vous êtes bons pour votre ennemi qui voulait vous dépouiller hier.

« Ah ! c'est donc toi qui nous as attaqués ? Tu mériterais que je te casse le crâne.

— Conduisons-nous en chrétiens, interrompit Van

Steen. Sortons-le d'abord pour le soigner, tu verras ensuite à l'interroger. »

Ils le soulevèrent pour le porter dans la cuisine. Abdel-Nadir, que nous avons vu sur le sambuk, endurait d'atroces souffrances. On le déposa sur le sol, et Snowdon, qui avait fait quelques études de médecine, se mit à sonder les blessures. Les deux doigts étaient perdus; il coupa le lambeau de chair qui les retenait encore à la main et banda la plaie avec son mouchoir.

« La fracture de la jambe, dit-il, ne sera pas si facile à guérir. L'essentiel est de faire disparaître l'enflure avant de songer à un bandage, mais tu resteras estropié pour la vie.

— Allah! Allah! sanglota Abdel-Nadir. Pourquoi me suis-je laissé séduire par l'appât du gain! Si je n'avais pas quitté le sentier de la vertu, je vivrais tranquille dans la cabane de ma mère. O étrangers! j'ai voulu commettre un grand crime, mais vos balles m'ont fracassé la main, et Allah m'a puni en me faisant tomber. Mais vous êtes généreux : au lieu de me tuer, vous soulagez mes blessures; comment puis-je vous témoigner ma reconnaissance?

— Tu es entre nos mains, dit Van Steen, et nous pouvons te traiter selon nos caprices, mais tu auras la vie sauve si tu nous dis sincèrement le sort que l'on nous réservait.

Il se trouva bientôt verrouillé dans un cabinet dont le grillage le séparait d'un divan sur lequel reposait le cadi. (p. 98.)

— Je veux vous avouer la vérité. Néleh vous a fait croire qu'il vous amenait chez le gouverneur, et il vous a conduits dans cette caverne de brigands où il dépouille de temps en temps ses victimes.

— Néleh! s'écrièrent à la fois les deux Européens. Quoi! Néleh est un imposteur?

— C'est un menteur, un voleur et un assassin. J'en jure par Allah! Pour vous, en particulier, il s'est imaginé que vous aviez une quantité de grosses perles et de diamants. Il voulait s'en saisir coûte que coûte, et il vous a suivis dans tous vos voyages. On disait que vous conserviez ces trésors dans vos ceintures et que vous ne les quittiez ni jour ni nuit. Trop poltron pour vous attaquer directement (car vous savez combien il redoute les armes à feu), il attendait patiemment votre sommeil pour vous dépouiller. »

Nos amis n'en pouvaient croire leurs oreilles.

« Est-ce bien la vérité que tu nous dis? demanda Van Steen. Néleh est à la solde d'Aglas?

— Allah! Allah! reprit Abdel-Nadir. Que vous êtes aveugles! Il vous l'a dit et vous l'avez cru, parce qu'il sait donner à ses paroles le cachet de la vérité et à ses yeux l'apparence de la sincérité. Mais, en réalité, vous n'avez pas de meilleur ami qu'Aglas dont vous vous méfiez. Sachez donc que Néleh infeste depuis des années la côte africaine de la mer

Rouge et commet les vols les plus incroyables. S'il était aussi intrépide qu'il est prudent et persévérant, aucun navire, aucune maison ne serait à l'abri d'un coup de main. Il a volé Aglas autrefois et aujourd'hui.

— Mais qui a dérobé nos malles et les a rapportées ?

— C'est Néleh : il pensait que peut-être elles renfermaient les perles, et il les a fouillées. N'ayant rien découvert, il s'est dit que vous les portiez sur vous et il vous a attirés ici pour vous surprendre pendant votre sommeil. C'est moi qu'il a chargé de cette besogne en me promettant une poignée d'écus de Marie-Thérèse. Allah soit béni de l'avoir empêché ! C'était le premier crime que je devais commettre seul, et sans doute beaucoup d'autres l'auraient suivi : je serais devenu un meurtrier maudit comme lui.

— Pourquoi n'est-il pas venu lui-même ?

— Il voulait venir, répondit le nègre, mais il a été retenu par une autre besogne que je ne connais pas encore. Si celle-ci n'était pas importante, il ne m'aurait pas pris pour le remplacer; il est avare et méfiant, et il croit toujours qu'on l'a trompé. « Si tu trouves les perles, me dit-il, enferme-les sous triple verrou et attends que je vienne les prendre, mais malheur à toi, si ce ne sont pas les bonnes : je te ferai pendre au mât de notre sambuk. » Je me décidai à contre cœur, et j'ai été assez maladroit pour tomber entre vos mains. Si nous avions été deux, l'affaire se fût passée autrement.

— Tu ne te repens donc pas de ce que tu as fait ? dit Van Steen.

— N'ai-je pas sujet de me repentir ? ma main est écrasée, j'ai la jambe cassée et vous allez me livrer au gouverneur.

— Ceci dépend de toi. Si tu peux nous indiquer les moyens certains de nous saisir de ce brigand et de le remettre à la justice ; si tu déposes contre lui au tribunal, nous ne parlerons pas de ta complicité, ou nous demanderons ta grâce au gouverneur. »

Abdel-Nadir ne pouvait s'expliquer une telle grandeur d'âme : il jugeait les hommes d'après la conduite de Néleh qui ne pensait qu'à tromper.

« La haine que je porte à cet homme et la blessure mortelle que j'ai reçue pour lui ont déjà délié ma langue : ce serait une folie de me taire davantage : je vais tout vous dire.

Néleh est le fléau de la mer Rouge : la plupart des crimes qui s'y commettent, c'est lui qui en est l'auteur, et la maison qu'il a achetée à Souakim pour continuer ses fourberies a été témoin de mille forfaits. Tous ceux qui ont été en rapport avec lui ont été dupés soit avec de la fausse monnaie, soit autrement, mais le vieux rusé a toujours su s'arranger pour que ses crimes ne soient pas découverts, ou qu'ils ne soient connus que dans des pays lointains.

— C'est à peine croyable, interrompit Snowdon.

Du reste j'ai entendu dire qu'il payait souvent en bon argent.

— On en a répandu le bruit, mais ce n'est pas la vérité. Quand je dis que ses fourberies ne sont pas connues, cela ne veut pas dire que les victimes ne l'ont pas remarqué. C'est arrivé plusieurs fois, mais celui qui le gênait, il l'envoyait en prison et on n'en parlait plus.

» Les gens faibles qu'il pouvait facilement terrasser disparaissaient sans laisser de traces. Pour Aglas, il n'a pas osé l'attaquer en face : il a choisi un détour qui le conduit sûrement au même but. Néleh avait déjà pris toutes ses mesures pour que le capitaine vienne dans sa maison lui vendre des perles, et il avait préparé les rouleaux de rondelles. Après avoir reçu les perles il fut assez adroit pour remplacer l'or par le fer, et comme les nègres l'avaient vu payer en or, ils accusèrent Aglas de les tromper. Depuis longtemps déjà Néleh avait excité leur méfiance envers le capitaine. Leur dispute les a tous précipités en prison, et ils y resteront jusqu'au départ de Néleh : Aglas sera déclaré innocent ou sera décapité, suivant le profit que l'on en retirera.

— Mais, s'écria Snowdon, tu nous racontes des choses incroyables! Est-ce que vraiment les perles seraient dans les mains de Néleh?

— Aussi vrai que mes blessures me font souffrir,

répondit Abdel-Nadir. Au rivage est attaché son sambuk agencé pour recevoir une foule d'objets qu'il dérobe : c'est là que sont les perles d'Aglas. Les matelots restent presque continuellement sous le pont : ce sont tous des gibiers de potence et leur aspect seul trahit leur métier. »

A chaque phrase, l'étonnement des Européens grandissait d'un degré : ils ne comprenaient pas qu'un homme pût commettre tant de crimes sous les yeux de l'autorité.

» La raison en est cependant bien simple, répondit le nègre. Le cadi Gigra est de connivence avec lui et ils partagent fraternellement le produit du vol. Si quelqu'un porte plainte, on ne peut en général donner le nom du brigand, car Néleh prend toutes sortes de déguisements et les noms les plus bizarres : il glisse entre les mains de ses victimes. Accuse-t-on Néleh ? le plaignant a lui-même prononcé sa sentence : le juge le condamne et souvent confisque ses biens. Si Néleh n'est pas un jour surpris en flagrant délit par le gouverneur lui-même il restera le plus honnête homme de Souakim.

— Il faut mettre ce brigand hors d'état de nuire, s'écria Snowdon, indigné, et aider Aglas à reprendre ses droits.

— Mais comment faire ? demanda Van Steen.

— Attendez son arrivée, conseilla le nègre. Il ne

doit plus tarder ; avec vos armes vous en viendrez à bout, et vous le livrerez au gouverneur. »

Ils se rangèrent à cet avis et pour utiliser leur temps, ils voulurent examiner en détail le bâtiment où ils se trouvaient. Sauf la chambre obscure ils ne découvrirent rien d'extraordinaire qu'une garde-robe qui renfermait les costumes des nationalités les plus différentes.

« Il y a encore deux chambres qui méritent votre attention, dit Abdel-Nadir : Celle du trésor et le caveau des morts. Elles sont toutes les deux à la cave. »

Et il leur donna des indications très précises pour les trouver. Ils allumèrent la lanterne et se dirigèrent vers la chambre du trésor. Elle était tout au fond d'une voûte immense ; de nombreuses serrures et des traverses en fer la rendaient impénétrable.

Il était plus facile d'arriver au caveau des morts : on n'avait qu'à soulever une trappe et à descendre l'échelle. Mais Snowdon ne voulut pas tenter l'aventure : il se contenta d'y plonger la lanterne au bout d'une corde. Ce qu'il aperçut lui glaça le sang dans les veines : de nombreux cadavres couvraient le sol, exhalant une odeur épouvantable. Ils se hâtèrent de refermer la trappe, et revinrent à la cuisine épouvantés de ce qu'ils avaient vu.

« Abdel-Nadir, dit Van Steen au nègre, si tu es complice de ces assassinats qui crient vengeance au ciel, il nous sera difficile de te sauver de la mort.

— Allah soit béni, répondit le blessé, mes mains ne sont pas souillées de sang ; cependant je suis coupable, parce que je n'ai pas révélé les horreurs qui se passaient ici. Mais j'ai un moyen de me sauver. Lorsque Souakim était épouvanté des premiers crimes qui restaient inexplicables, le gouverneur mit à prix la tête du scélérat en promettant de ne pas révéler le nom du dénonciateur. Si vous pouvez obtenir aussi l'impunité pour moi, je renonce à la récompense. »

Snowdon voulait courir immédiatement chez le gouverneur, mais le nègre l'en dissuada.

« Il ne faut pas qu'on vous voit sortir de cette maison, dit-il ; les complices de Néleh seraient mis en éveil et l'avertiraient immédiatement. Ce qui est surtout à craindre, c'est la surveillance du cadi Gigra : il a tout intérêt à ce qu'on ne soupçonne pas Néleh ; la perte de celui-ci serait sa propre perte. Attendez à la nuit : si l'assassin n'est pas de retour alors, vous irez chercher le gouverneur. »

Au même instant, une petite clochette résonna timidement au-dessus de leurs têtes : le nègre tressaillit.

« C'est Néleh ! murmura-t-il à voix basse. Allez lui ouvrir, mais faites attention qu'il ne vous aperçoive pas avant de se trouver dans la cour. »

Ils s'effacèrent derrière la porte : un homme vêtu du blanc manteau des Bédouins s'avança tout en disant :

« Abdel-Nadir, notre maître, a besoin de toi, viens
de suite. Il s'agit de découvrir les traces d'une jeune
chrétienne. Mais auparavant, donne-moi à boire et à
manger, je suis affamé comme un lion ! »

Mais en entrant dans la cuisine, il poussa un cri de
surprise.

« Qu'est-ce à dire ? tu viens de m'ouvrir la porte,
et te voilà déjà.... »

Il se tut en regardant autour de lui.

« Le cadi est-il ici ?

— Il viendra, dit le nègre. Ne me touche pas, je
suis blessé et j'ai la jambe cassée. »

Pendant ce temps, Van Steen et Snowdon s'étaient
approchés sans bruit. Ils saisirent le Bédouin, le ter-
rassèrent et voulurent lui attacher les mains ; mais il
se défendit en désespéré, et il fallut lutter longtemps
pour le réduire à l'impuissance.

« Où est Néleh ? lui demandèrent-ils.

— Là où vous ne le trouverez pas.

— Réponds ?

— Je ne dirai rien. N'est-ce pas assez que ce
maudit Abdel-Nadir joue le rôle de traître ? Déchirez-
moi en pièces, vous n'avancerez à rien. Je ne regrette
qu'une chose, c'est de ne pouvoir avertir Néleh. »

Malgré tous les efforts, on ne put le faire parler.
Ils se contentèrent donc de l'attacher solidement à
une colonne pour qu'il ne pût s'échapper. Cet homme

faisait partie de l'équipage du sambuk. Dans sa rage, il se répandait en imprécations, jurant la mort d'Abdel-Nadir et menaçant les Européens de leur plonger son poignard dans le cœur, aussitôt qu'il aurait la liberté de ses mouvements.

Ils le laissèrent crier, et à l'entrée de la nuit ils se rendirent chez le gouverneur.

VIII

Les chrétiens au pouvoir du cadi.

Lorsque la jeune chrétienne Betsi poussa son cri d'effroi en tombant en face de sa cabane, ses pauvres parents, assis sur leur natte de jonc, se demandaient pour la centième fois avec tristesse pourquoi leur enfant tardait tant à revenir.

« Le mangeur d'hommes a encore surpris une victime, » balbutiait la femme en se serrant anxieuse contre l'épaule de son mari.

Celui-ci se leva en sursaut, saisit une lance à la hampe solide, et voulut se précipiter hors de la hutte.

« Je t'en conjure, sanglota la femme, n'expose pas ta vie. Betsi est sortie ; si un malheur t'arrive, je resterai seule, abandonnée.

— Dieu me viendra en aide, dit-il avec fermeté.

C'est un devoir pour le chrétien de secourir son prochain. Ne me retiens pas : chaque instant est précieux. »

Il s'arracha de ses bras, et courut à toutes jambes vers l'endroit où il pensait rencontrer le lion, mais il ne vit rien. Cependant, il examina aux alentours le terrain avec le plus grand soin, et soudain il aperçut étendue sur le sol la forme d'une femme.

« Dieu du ciel! s'écria-t-il, c'est Betsi ! »

La mère, entendant le nom de sa fille, s'élança affolée et se jeta auprès du corps de son enfant.

« Dieu soit béni! dit-elle, le lion l'a épargnée : elle vit! elle ouvre les yeux ! »

Et elle la couvrit de baisers.

« Père! mère ! sanglota Betsi en revenant à elle, fuyons, notre ennemi est sur nos talons. »

Ils étaient rentrés dans la cabane, et la mère se disposait à préparer une boisson calmante, lorsque sa fille, donnant les signes d'une terreur croissante, s'écria :

« Non, non! nous ne sommes plus en sûreté. Cet homme terrible peut être ici à chaque instant : c'est lui qui m'a enlevée. Partons avant qu'il ne soit trop tard. »

Son père et sa mère, qui n'avaient aucun soupçon du danger, la pressèrent de questions pour savoir ce qu'elle voulait dire; mais Betsi, au lieu de répondre, déclara simplement qu'elle partirait seule dans la nuit, si l'on ne se sauvait sur-le-champ.

Ses parents, effrayés, se hâtèrent d'emporter toutes leurs provisions et quittèrent la chaumière.

« Où allons-nous? » demanda son père Basile.

La mère Maura conseilla de se réfugier dans la montagne où ils pourraient, auprès d'une tribu amie, se trouver à l'abri du danger.

Le chemin était long, et il fallait se presser ; mais après une heure de marche, on dut s'arrêter pour reprendre des forces. Betsi profita de ce repos pour raconter à ses parents ce qui s'était passé.

« J'étais allée, dit-elle, puiser de l'eau au pied de la montagne. La pluie était tombée la veille, et un mince filet coulait encore dans la citerne. Au moment où j'allais retirer ma cruche, j'aperçus derrière moi un homme qui me demanda à boire. Pendant qu'il étanchait sa soif, je regardais les maisons de Gef, et tout à coup je vis à quelque distance le cadi Gigra de Souakim qui faisait un signe de tête à l'étranger.

» Je me hâtai de revenir à la cabane pour préparer votre souper. Quand il fut prêt, j'allai sur le seuil de la porte pour voir si vous reveniez. C'est alors que l'inconnu entra et me dit :

» Betsi, remercie le Prophète : ce jour t'apporte le bonheur.

— Je suis chrétienne, répondis-je, et les chrétiens ne connaissent pas le Prophète.

— Alors remercie le Nazaréen.

— Je le bénis tous les jours; mais je ne vois pas pourquoi celui-ci serait plus heureux que les autres.

— Je vais te le dire. En apportant du lait et des légumes au marché, tu as attiré l'attention d'un homme riche qui veut te prendre pour sa femme. »

» .... Je fus très surprise de ces paroles que ma conduite n'a jamais justifiées.

« Seigneur, répondis-je, les riches doivent s'adresser aux familles riches ; je suis pauvre et je n'ai point de fortune.

— Il ne tient pas à cela; dis-moi si tu veux l'épouser.

— Je ne connais pas cet homme, et si je le connaissais, je ne lui répondrais pas. Si ses intentions sont droites, il faut qu'il s'adresse à mes parents. Du reste, je ne désire pas quitter cette cabane.

— Et que possèdes-tu donc dans une telle chaumière ? continua-t-il d'un air de mépris. Tout indique la pauvreté et la misère. Tu dois t'imposer de rudes travaux pour soutenir ta triste existence. Chez cet homme riche, au contraire, ton pied foulera des tapis précieux, et tes regards se rassasieront de la vue de trésors que tu ne peux t'imaginer. De nombreux esclaves seront à ton service, tu seras comme une reine, et les filles du gouverneur deviendront tes amies. »

» A la pensée de cet avenir qui nous aurait tirés de l'indigence, je dis à l'inconnu que je vous en parlerais à votre retour. Mais il insista.

— Ne repousse pas, dit-il, le bonheur qui s'offre à toi ; demain ce sera peut-être trop tard. Suis-moi immédiatement ; il ne veut pas attendre.

— Non, je ne fais rien sans la permission expresse de mes parents. Mais tu ne m'as pas dit si cet homme est chrétien ou musulman.

— Peu importe.

— Je ne donnerai jamais ma main à un musulman, commanderait-il toutes les provinces et tous les peuples de la mer Rouge.

— Tes parents vont-ils revenir bientôt ?

— Je les attends à chaque instant.

— Alors je n'ai pas de temps à perdre. Si tu ne veux pas me suivre de plein gré, j'emploierai la force.

» Dans ma terreur, je saisis ton poignard, mon père, et je le cachai dans ma ceinture. Mais aussitôt l'inconnu m'enveloppa d'un filet qui paralysa mes mouvements. Je poussai des cris d'angoisse, il me menaça de la mort et m'emporta. Ou ? je ne pouvais le voir, la nuit était sombre ; mais je sentais qu'il descendait la montagne. Plusieurs fois j'essayai de briser le filet, ce fut en vain.

— Tes efforts n'aboutiront à rien, disait-il en ricanant, sois raisonnable, demain tu me remercieras.

— Je te maudirai tant que je vivrai, répondis-je en sanglotant. Enfin nous arrivâmes à la porte d'un jardin en traversant les rues de Gef. Il me traîna dans une maison et m'enferma dans une chambre. Je pus me dégager du filet, mais la fuite était impossible. Je criai, je pleurai, personne ne vint me délivrer.

» La chambre où je me trouvais était d'une magnificence royale, je n'avais jamais rien vu de pareil ; mais il me manquait la liberté, et vous n'étiez pas près de moi, chers parents.

» Tout à coup entra une esclave noire, nommée Mirza, apportant une corbeille pleine de riches vêtements. Elle s'agenouilla devant moi, baisa mes pieds et me dit :

« C'est toi désormais, qui seras ma maîtresse. Gigra veut t'épouser.

— Gigra ? m'écriai-je, le cadi ?

— Oui, le cadi. Il t'envoie cette corbeille ; choisis les robes que tu préfères.

— Va-t'en, je ne les veux pas.

» Mirza me regarda toute surprise.

— Tu es une fille bien extraordinaire, me dit-elle,

toutes les femmes aiment la toilette et tu la repousses. Vois ces bracelets et ces colliers ruisselants de pierreries, et scintillants comme des étoiles dans l'azur du firmament. Mets-les à tes poignets, tu seras plus belle qu'une sultane. »

» Je repoussai la négresse avec véhémence. Elle sortit, la tristesse sur le visage et je l'entendis raconter à Gigra l'insuccès de ses efforts. Dois-je vous l'avouer? quand elle fut partie, j'examinai avec curiosité tout ce qu'elle avait apporté et j'eus du plaisir à voir briller tous ces bijoux, mais la pensée de votre tristesse et de votre abandon vint me fortifier, et je me jetai sur le divan, bien résolue à ne pas changer mes pauvres haillons.

» Le cadi arriva plus tard et me demanda si je voulais être sa femme.

« Le devoir d'un cadi, répondis-je en tirant mon poignard, est de protéger les opprimés, et tu n'as pas eu honte de m'enlever à mes parents. Comment peux-tu t'imaginer que j'accepterai la main d'un homme qui ne respecte pas la justice? »

» Il me fit la description de ses richesses, de sa puissance, de sa tendresse et jura par le Prophète qu'il ferait de la jeune chrétienne la plus heureuse des femmes.

— La jeune chrétienne, répliquai-je, ne peut épouser un mahométan. Laisse-moi retourner dans ma chaumière et j'oublierai ta conduite indigne d'un cadi. Mais si tu me forces à rester, je trouverai un moyen pour prévenir le gouverneur que Gigra n'est pas un homme. »

» Ces paroles le firent sourire.

« Insensée ! me dit-il, toutes les jeunes chrétiennes de Souakim pourraient m'accuser auprès du gouverneur sans que je perdisse sa confiance. Du reste, tu es en ma puissance et je briserai ton entêtement. »

» Il voulut s'approcher, mais le poignard et mon regard décidé lui inspirèrent le respect; il se retira silencieux. Tous les jours il revint, me faisant les plus belles promesses; quelquefois il laissait échapper des menaces, mais il rencontra constamment la même résistance. Ce qui l'irritait le plus, c'était de voir que je méprisais ses présents, que je me contentais du nécessaire pour me nourrir, et que je refusais les précieux vêtements qu'il m'offrait.

» Peu à peu ma captivité fut moins étroite, je pouvais quitter la chambre, m'asseoir à la véranda, me promener dans le jardin, en un mot, agir à mon gré dans la propriété. Il se réjouissait de me voir fureter partout, bien qu'il connût mon ferme désir de fuir. Hélas ! ceci m'était impossible, on surveillait tous mes pas. Mais j'eus bientôt l'occasion de me convaincre que le cadi était un homme infâme et sans conscience.

Néleh, qui m'avait enlevée, venait le trouver chaque
nuit, c'est lui qui commettait les meurtres et les vols
dont les habitants étaient consternés. Il pouvait le
faire impunément, car il en partageait le produit avec
le cadi.

» Hier soir, je les surpris combinant un moyen
pour briser mon opiniâtreté ; j'ai pu me sauver, mais
ils me poursuivent, et c'est pourquoi j'ai insisté pour
quitter la cabane. »

Basile et Maura avaient souvent interrompu ce récit
de questions et d'exclamations. Quand Betsi eut terminé, sa mère lui prit la main et la couvrit de baisers.

« Remercions Dieu, dit-elle, de t'avoir soutenue
au milieu de toutes ces tentations. Il t'a préservée de
grands dangers et nous a permis de te retrouver.
Reste fidèle aux principes chrétiens que je t'ai donnés
dans ton enfance et tu ne quitteras jamais le chemin
de la vertu.

— Ta mère a raison, ajouta Basile. Le cadi avait
certainement l'intention de te faire abjurer ta foi pour
te forcer à accepter la religion de Mahomet.

— Mais j'ai une autre inquiétude, reprit Betsi.
Gigra est un homme vindicatif et ne recule devant
aucun crime. S'il découvre notre retraite, nous sommes
tous perdus. Restons cachés jusqu'à ce que sa vigilance
soit endormie. Alors j'irai trouver le gouverneur pour
lui dévoiler la conduite de son cadi.

Le nègre ne parut pas craindre autant que Néleb la menace du
pistolet. Il s'élança sur le canon avec son poignard. (p 123.)

— Ce ne serait pas agir avec prudence, mon enfant, dit Basile, le pauvre ne peut pas lutter contre les riches et les puissants. Remettons-en le châtiment au bras de celui qui t'a sauvée des mains de Gigra. Dieu saura bientôt livrer le cadi à la justice. »

Nos trois fugitifs se relevèrent pour continuer leur chemin, mais ils ne prirent pas le sentier battu. Ils suivirent le lit d'un chott où l'eau ne coule que pendant les grandes pluies et dont la berge les mettait à l'abri des regards. Au soleil couchant ils atteignirent le camp de nomades où on les reçut avec joie....

Revenons à Gef, dans l'habitation du cadi.

Betsi était à peine sortie du jardin que Néleh montait dans sa chambre pour lui dire que ses parents étaient perdus, si elle ne se rendait pas aux vœux de Gigra.

« Ne te révolte pas plus longtemps, fille chrétienne, criait-il déjà sur le seuil ; ta résistance est inutile. Ah ! tu n'es pas ici ? tu t'es réfugiée dans un autre appartement ? Je saurai bien te trouver. »

Mais il ne découvrit pas Betsi, et revint en avertir le cadi. Celui-ci furieux appela ses esclaves et leur ordonna de fouiller toute la maison. Dans sa colère, il cingla Mirza de coups de fouet et la laissa couverte de blessures.

« Le jardin est ouvert, annonça un esclave haletant.

— Chien maudit ! s'écria Gigra en s'adressant à Néleh, tu n'avais donc pas fermé la porte, c'est par ta négligence que cette fille s'est échappée. Si tu ne me la ramènes pas avant le point du jour, malheur à toi ! »

Néleh allait se fâcher, mais il réfléchit qu'il avait encore besoin du cadi.

« Modère ta colère, lui dit-il ; elle n'a pu que retourner chez ses parents. Je cours à sa recherche et la remettrai entre tes mains avec son père et sa mère : tu parviendras ainsi plus facilement à ton but. »

Il s'élança au dehors. Un kawas lui barra le chemin et lui mit un poignard sur la gorge.

« Halte ! cria-t-il. Il n'y a que les voleurs qui se sauvent ainsi pendant la nuit.

— Chien ! menaça Néleh, on devrait te raccourcir de la tête : tu arrêtes un messager du gouverneur.

— Montre ta carte ! » dit le kawas.

Le brigand avait toujours sur lui des cartes que lui procurait le cadi, et qui, maintes fois, l'avaient sauvé d'une situation dangereuse.

« Ne m'en veux pas, reprit le kawas d'un ton humble ; j'exécutais ma consigne. Qu'Allah te conduise.

— Imbécile ! » murmura Néleh en continuant sa course.

Bientôt il eut atteint le sommet de la montagne ;

mais pour ne pas réveiller les habitants de la cabane, il entra à pas de loup, et, fermant la porte derrière lui, il fit de la lumière. Du premier coup d'œil, il vit qu'il n'y avait personne.

« Par le Prophète, balbutia-t-il, ils se sont sauvés ! Je puis le payer cher, et le cadi a mille moyens pour se débarrasser de moi secrètement. Et vraiment il ne s'en gênerait guère, car si je me révolte, il doit craindre que ma langue ne dévoile des secrets qu'il désire savoir ensevelis dans un silence éternel. Mais que dis-je ? je ne dois pas m'en faire un ennemi ; j'ai besoin de son aide pour toutes mes entreprises.... Où sont donc ces maudits chrétiens ? Peut-être n'ont-ils quitté leur hutte que pour éviter la chaleur. Où les trouverai-je ? »

Il fouilla tous les coins et les recoins des alentours sans découvrir aucune trace.

« Ah ! s'écria-t-il tout à coup, j'ai une idée. »

Et, prenant la lumière, il l'approcha de la paille du toit et alla s'asseoir sur un rocher d'où il pouvait dominer la contrée.

« Quand ils verront brûler leur chaumière, ils accourront pour éteindre l'incendie, » murmura-t-il en ricanant.

En un instant la cabane fut en flammes, et la lueur se projeta sur le ciel. Mais on n'entendit aucun cri, aucun pas dans la nuit.

La hutte fut réduite en cendres ; quelques feuilles de palmiers flambèrent encore sur le foyer, et tout retomba dans l'obscurité.

Il fut bien obligé de se dire que ses victimes n'étaient plus dans le pays, mais il ne soupçonnait guère qu'elles venaient d'atteindre les tentes de leurs amis, à une longue distance de la chaumière.

La tête basse, il reprit le chemin de Gef, pour rendre au cadi compte de sa démarche.

Celui-ci, transporté de colère, le menaça de le faire décapiter, au risque de s'exposer lui-même aux rigueurs de la justice. Mais Néleb, qui se sentait coupable de négligence, s'efforça de le calmer et lui promit de faire une battue dans la montagne avec tous ses matelots, et de ne prendre aucun repos avant d'avoir retrouvé Betsi.

Aussitôt il partit pour Souakim, donna ses ordres à son équipage et fit chercher Abdel-Nadir, dont l'énergie et l'adresse étaient une garantie du succès.

Les bandits se mirent en route en se partageant la besogne ; on battit chaque buisson, on sonda chaque caverne, aucune touffe d'herbe ne fut épargnée. Déjà le soleil était à son midi, et l'on n'avait trouvé ni Betsi ni ses parents.

Tout à coup un matelot, qui avait aperçu quelques branches cassées et avait suivi des traces, revint à toute vitesse annoncer que ceux que l'on cherchait étaient chez les nomades. Néleh se fit indiquer la direction, et l'on prit le chemin de la vallée sans faire de bruit. La troupe s'arrêta dans un bosquet de mimosas, d'où l'on pouvait surveiller les nomades sans être vu.

Néleh secoua la tête d'un air de doute.

« Ils sont bien nombreux, dit-il ; si nous les attaquons, nous sommes perdus. J'en vois plus d'une douzaine qui ont des bras robustes, et je ne compte pas les femmes dont la fureur dans les combats est souvent plus à craindre que celle des hommes.

— Pourquoi ne ferais-tu pas usage des firmans ? demanda l'un des matelots.

— Tu as raison, répondit Néleh en tirant de sa poche un paquet de papiers. Ces bergers ne savent pas lire, et il suffit du sceau du cadi pour les faire trembler. Allons ! nous voulons essayer ; entourez les tentes le plus près possible. »

Ce fut bientôt fait.

« Au nom du vice-roi d'Égypte, cria Néleh, écoutez ce que j'ai à vous dire. »

A cette apparition subite, toutes les têtes se retournèrent.

« Sauvez-moi ! sauvez mes parents des mains de ce meurtrier ! » supplia Betsi en étendant les bras.

Le chef de la tribu s'approcha de Néleh d'un air courroucé.

« Que viens-tu faire ici? lui demanda-t-il. Cette terre est le pays libre des nomades ; moi seul et mes bergers ont le droit d'y commander.

— J'espère, dit Néleh, que tu reconnais pour ton maître le vice-roi d'Égypte. Si tu t'y refuses, je suis obligé de t'arrêter comme coupable de haute trahison.

— Le vice-roi ? reprit le chef. Que me veut-il ? »

Néleh déplia son papier, en montra le sceau et ajouta avec dignité :

« Tu héberges dans tes tentes trois fugitifs qui ont excité sa colère, et je devrais te charger de chaînes. J'ai l'ordre de conduire à Gef Betsi et ses parents.

— Seigneur, dit le nomade déconcerté, loin de moi la pensée de mépriser les ordres du vice-roi, mais ces personnes me semblent honnêtes, et je ne connais pas le crime qu'elles ont commis.

— Ton ignorance sera ton excuse, reprit Néleh. Mets trois mulets à ma disposition pour transporter les coupables sans difficulté.

— Seigneur, les mulets paissent dans cette prairie; prends ceux qu'il te faut, mais permets-moi de m'éloigner; je ne puis pas voir enlever de mes tentes ceux à qui j'ai promis protection et qui me sont aussi chers que mes parents.

— Comme tu voudras, » répondit Néleh.

Les trois infortunés se précipitèrent aux pieds du chef en le suppliant de ne pas les livrer ; il secoua tristement la tête et s'éloigna, suivi de ses sujets. Betsi poussa un cri affreux et s'élança à travers la troupe des matelots ; mais ceux-ci la saisirent au passage et lui lièrent les mains.

« Aie pitié de moi et de mes parents ! s'écriait-elle en s'adressant à Néleh. Laisse-nous fuir, et dis à ton maître que tu ne nous a pas trouvés.

— Insensée ! répondit-il, pourquoi n'es-tu pas restée ? Il y aurait eu pour vous tous un bel avenir. Ne t'en prends qu'à toi-même de tout ce qui arrivera. Deviens l'épouse de Gigra, tu obtiendras ton pardon et celui de ta famille. »

Toutes les supplications ne purent fléchir le cœur du bandit. On attacha les prisonniers sur les mulets et l'on reprit la route de Gef.

« Si vous poussez un cri, menaça Néleh, j'ai l'ordre de vous enfoncer ce poignard dans le cœur ! »

A la porte du jardin, il congédia ses matelots.

« Je vous rejoindrai bientôt, dit-il, pour demander compte à Abdel-Nadir de son absence. En avant ! cria-t-il aux prisonniers : le cadi sera heureux de vous retrouver sains et saufs.

— As-tu découvert Betsi ? demanda Gigra en s'avançant vers le cortège.

— Je les amène tous, répondit Nèleh avec un

sourire diabolique : tu reconnaîtras ainsi que tu n'as
pas d'ami plus dévoué que moi. »

Gigra frappa dans ses mains pour appeler un
esclave.

« Conduis Basile et Maura dans la chambre sous
la voûte; donne-leur à manger et veille à ce que la
porte soit bien gardée.

» Pour toi, Betsi, c'est ton entêtement qui me force
à prendre des mesures extraordinaires. Ton père et
ta mère que tu aimes comme ta vie, sont entre mes
mains. Sois mon épouse : ils seront mis en liberté et
pourront vivre à leur gre dans la montagne ou près
de toi et ils auront tout en abondance. Mais si tu refuses
à me donner ta main, ils resteront prisonniers et seront
traités comme des esclaves. Et, ajouta-t-il, avec un
regard menaçant, si tu me pousses à bout, je les
ferai mettre à mort, tandis que tu seras jetée dans la
plus misérable captivité. Je te donne trois jours pour
réfléchir. »

Betsi tomba à genoux en fondant en larmes.

« Je ne puis être ton épouse, conjura-t-elle, puisque
je suis chrétienne, mais je consens à être la dernière
de tes esclaves, si tu rends la liberté à mes parents.
Ne sois pas inhumain : les enfants du Prophète savent
aussi avoir pitié des malheureux. »

Le cadi ne répondit pas. Il sortit, ferma la porte, mit
la clef dans sa poche, et retourna auprès de Néleh.

« Tu m'as rendu un grand service, lui dit-il. Tâche de faire de bonnes affaires à Souakim : le cadi Gigra ne te trouvera jamais coupable, mais ne dépasse pas le terme que je t'ai fixé. »

Néleh se hâta de retourner au sambuk : il était pressé de punir Abdel-Nadir pour sa négligence.

« Je ne puis garder à mon service ceux qui ne m'obéissent pas aveuglément. » murmurait-il en colère, en descendant vers le port.

IX

Voleur et complice en prison.

En voyant Snowdon et Van Steen revenir à l'hôtel, le Turc leur exprima l'inquiétude que lui avait causée une absence si prolongée : il craignait qu'ils ne fussent tombés dans un coupe-gorge.

« Nous avons été retenus par une affaire importante, dirent-ils. Indiquez-nous maintenant un guide pour nous conduire chez le gouverneur.

— L'heure est mal choisie, je le crains, répondit l'hôtelier. C'est le moment où il réunit ses intimes : il ne reçoit pas de visites, et ses domestiques ont l'ordre de ne pas même laisser entrer les consuls étrangers.

— Un bon pourboire ouvre toutes les portes, » dit Van Steen.

L'hôtelier leur donna son sommelier.

Ils furent bientôt au palais. A la porte des sentinelles leur barrèrent le passage.

« Nous avons une recommandation du gouverneur de Kosséïr, remarqua Snowdon.

— C'est possible, dit le gardien, mais les étrangers ne sont reçus qu'après le lever du soleil. Revenez demain matin : vous pouvez être assurés d'un aimable accueil.

— Demain, il sera peut-être trop tard : ce qui nous amène ne souffre aucun délai. »

Le kawas haussa les épaules.

Snowdon lui mit alors une pièce de monnaie dans la main, et le garde, oubliant sa sévérité, leur dit que s'ils passaient la porte, il ne les verrait pas, d'autant plus que les ténèbres commençaient à s'épaissir.

Ils arrivèrent ainsi dans une cour spacieuse où un jet d'eau faisait scintiller ses gouttelettes à la lumière de nombreuses lanternes. Les écus de Marie-Thérèse jouèrent encore leur rôle et ouvrirent l'antichambre du gouverneur.

Mais ici la difficulté augmenta : le noir qui en avait la garde ne voulait point qu'on dérangeât son maître.

« Demain il t'en sera reconnaissant, dit Van Steen : il s'agit d'affaires de la dernière importance.

— Tous ceux qui veulent voir mon maître disent la même chose. »

Sans perdre courage ils continuèrent à parlementer,

et obtinrent, moyennant une grosse somme, de parler au secrétaire du gouverneur auquel ils remirent la lettre de recommandation.

« Vous vous êtes dérangés bien inutilement, leur dit celui-ci; vous ne pouvez être reçus que demain.

— Ce que nous avons à dire au gouverneur est très pressant, insista Snowdon : il s'agit de se saisir de l'homme qui, depuis six mois, est la terreur de Souakim. »

Le secrétaire le regarda avec étonnement.

« Comment! s'écria-t-il d'un ton incrédule, notre police qui connait chaque pierre de la ville n'a pu encore le découvrir, et deux étrangers, à peine débarqués, pourraient donner des renseignements? »

Il les quitta pour revenir bientôt.

« Suivez-moi, » leur dit-il en les conduisant dans une salle décorée avec le plus grand luxe. Une portière se souleva pour laisser entrer le gouverneur.

La main gauche appuyée sur la garde de son épée, enrichie de perles et de diamants, il les accueillit avec la plus grande politesse.

« Messieurs, dit-il, vous m'êtes recommandés par mon ami avec tant d'instance que je fais une exception en votre faveur.

— Nous remercions Votre Altesse de sa bienveillance, mais nous n'avons pas eu l'intention de blesser les usages du pays. Nous avons insisté pour avoir une audience, parce que le hasard nous a fait découvrir une série de crimes épouvantables dont l'auteur, grâce à de puissants protecteurs, habite Souakim en toute sécurité.

— Vraiment, Messieurs? Je suis curieux d'avoir des détails. »

Van Steen et Snowdon, racontèrent ce qui leur était arrivé et ce qu'ils avaient appris de la bouche d'Abdel-Nadir.

Son Altesse les écouta sans les interrompre, mais quand ils accusèrent le cadi de connaître tous ces crimes, et d'en tirer profit, le gouverneur se leva indigné de son divan.

« Messieurs, leur dit-il, ne touchez pas au cadi : c'est un honnête homme; je n'ai jamais eu de preuves du contraire.

— Seigneur, vous êtes dans votre droit en mettant en doute nos renseignements, répondit Van Steen; mais Votre Altesse peut facilement les contrôler: il suffit de venir avec nous dans la maison où nous devions être assassinés. »

Le gouverneur frappa trois fois dans ses mains.

« Douze kawas pour m'accompagner, dit-il au nègre : je les attends à la porte du palais. »

En quelques minutes ils se trouvaient tous auprès d'Abdel-Nadir. Celui-ci répéta au gouverneur tout ce qu'il avait dit aux Européens, en le suppliant de l'épargner, puisqu'une malheureuse fatalité l'avait mis au service de Néleh et qu'il était châtié par ses blessures.

« Si tout ce que tu racontes est vrai non seulement tu ne seras pas puni, mais je te donnerai la récompense promise. »

A ces mots Abdel-Nadir oublia ses souffrances et indiqua les différentes cachettes où se trouvait en grande partie les trésors volés qui devaient être transportés sur le sambuk pour Massouah et Aden.

Toutes les recherches confirmèrent les indications d'Abdel-Nadir.

« Sur le sambuk, ajouta-t-il, vous trouverez plus de perles que dans tout Souakim.

— Où est ton maître? demanda le gouverneur au Bédouin qui était resté auprès du blessé.

— Dans les montagnes pour reprendre une jeune chrétienne qui s'est enfuie de chez le cadi.

— Que six kawas restent ici pour surveiller la maison et se saisir de ceux qui pourraient arriver. Allons au sambuk avant que le voleur ne soit averti par le cadi.

Sur le quai régnait le plus profond silence, les bateliers étaient endormis dans leurs barques, et seul un canot se dirigeait vers Gef avec un voyageur attardé.

Le gouverneur monta sur le sambuk en laissant son escorte à une certaine distance.

« Qui va là ? cria le matelot en faction dans la cahute.

— Pas tant de bruit, dit le gouverneur, il me semble que tu ne connais pas bien ton service, tu devrais savoir qu'il est plus prudent de parler à voix basse que de crier. »

Le matelot, croyant que c'était un compagnon de Néleh lui répondit à l'oreille :

« Néleh n'est pas ici.

— Où est-il ? je dois lui parler.

— Dans la montagne et la moitié de l'équipage est avec lui.

— Ton maître n'est pas exact, reprit le gouverneur, il me fait venir avec mes gens, et lui-même n'est pas ici. Si on les voit sur le quai, tout est perdu : va les chercher. »

Le matelot partit sans défiance, il fut saisi et bâillonné en un instant.

« Tout le monde sur le pont! » cria le gouverneur quand ses kawas l'eurent rejoint.

Le peu d'hommes qui étaient restés à la garde du sambuk se pressèrent à l'ouverture de la trappe ; dès que l'un d'eux sortait, on le garrottait solidement. Quand ils furent tous en haut, le gouverneur, Van Steen et Snowdon descendirent dans la cale et furent émerveillés des richesses qu'ils y découvrirent. Abdel-Nadir avait dit vrai.

Aussitôt on dépêcha un kawas pour chercher des soldats qui devaient escorter jusqu'au palais les prisonniers et les sacs que l'on avait remplis de perles. Huit kawas des plus vigoureux furent cachés dans le sambuk avec ordre d'arrêter quiconque se présenterait. Des sentinelles gardèrent toutes les rues et surveillèrent les environs de Gef.

Le gouverneur avait bien l'intention de faire arrêter le cadi, mais il fallait procéder avec prudence; l'important était de s'emparer de Néleh; le tour de Gigra viendrait ensuite.

Il pria donc les Européens de retourner à leur hôtel, mais de garder le secret, tandis que lui-même se rendait à la salle du tribunal où Gigra devait siéger.

Celui-ci en voyant entrer son supérieur, se leva précipitamment pour le recevoir.

« Seigneur, lui dit-il d'un air de soumission, j'ai aujourd'hui un grand criminel à juger. Vous voyez cet homme : il a eu l'audace de frauder ses plongeurs de leur salaire. Je suis d'avis de le châtier très sévèrement. Depuis six mois, la ville de Souakim est le théâtre des forfaits les plus abominables; il faut faire un exemple pour effrayer ces scélérats.

— De quoi s'agit-il? » demanda le gouverneur.

Le cadi raconta l'histoire sous les plus sombres couleurs, en donnant tous les torts à Aglas.

« Vingt témoins l'accusent, il mérite la mort. »

Aglas voulut l'interrompre, mais le cadi lui commanda le silence, et montrant un paquet de procès-verbaux, lui cria que sa culpabilité était prouvée d'une manière irréfutable.

« Cadi, reprit le gouverneur, je suis content de ton zèle. Prononce la sentence selon ta sagesse ; elle sera exécutée aussitôt que nous aurons partagé sa fortune pour nos peines.

— Puissant Seigneur, répondit Gigra en souriant, tu as deviné ma pensée ; il ne convient pas que nous sortions de cette affaire les mains vides. Kawas, conduisez cet homme dans la cellule des condamnés.

.... Allah sait que je suis innocent soupira Aglas. Gouverneur de Souakim, dans le cours de mon interrogatoire, j'ai pu me convaincre de la scélératesse du cadi et je me confiais en votre justice. Mais je vois maintenant que vous êtes égaux. Puisse Allah vous punir de cet injuste jugement ! »

On l'emmena, mais une demi-heure plus tard, tandis que le cadi retournait à sa maison de campagne, le gouverneur allait trouver Aglas pour l'assurer qu'il ne lui serait fait aucun mal. Le prisonnier, ivre de joie, se jeta à ses pieds en lui demandant pardon des paroles qu'il avait prononcées dans un moment de colère.

Gigra, heureux du succès de sa journée, se réjouissait d'avoir surpris les sentiments de son supérieur.

« Insensé que j'étais ! murmurait-il tout bas en se frottant les mains ; je le croyais juste et m'efforçais de lui cacher ma manière d'agir. Maintenant je n'ai plus besoin de me cacher, je partagerai avec lui. Mais où vais-je mettre toutes mes richesses ? Ah ! voilà des chaumières et des jardins autour de ma maison, dans quelques semaines ils seront à moi, et ma villa deviendra un château où je pourrai recevoir le gouverneur. Que j'étais fou de croire à l'honnêteté des gens ! »

Il se voyait déjà maître de Souakim et rêvait d'un avenir de félicité. Aussi quand il vit Néleh revenir avec ses prisonniers, il fut sur le point de l'embrasser, mais depuis que le gouverneur s'était offert à partager avec lui les dépouilles de ses victimes, il trouvait la société du brigand trop vulgaire, et au lieu d'encourager celui-ci comme autrefois, il avait l'intention de mettre l'embargo sur le sambuk pour s'emparer de tous les trésors qu'il renfermait.

Mais ni l'un ni l'autre ne se doutait de la catastrophe dont ils étaient menacés.

Néleh, en quittant Gigra, se hâta de courir à son bateau.

« Abdel-Nadir, cria-t-il en colère, pourquoi n'estu pas à ton poste ? »

Une réponse inintelligible monta des flancs du navire.

Néleh en fureur, alluma une lanterne et descendit.
Ceux qu'il prenait pour ses hommes, dormaient enveloppés dans des couvertures. Craignant pour ses
trésors, il se précipita vers ses coffres ; le premier
était vide, il visita les autres et n'y trouva plus rien.

« Canailles! vauriens! hurla-t-il de rage. Votre
insouciance me rend pire qu'un mendiant! c'est donc
en vain que j'ai volé, pillé, assassiné! »

Et poussant une épouvantable malédiction, il arracha
les couvertures pour percer les matelots de son poignard.

Mais deux bras solides lui paralysèrent ses membres,
il fut en un clin d'œil terrassé et chargé de chaînes.

« Le gouverneur connaît tous tes crimes, dit le
chef des kawas ; nous avons l'ordre de t'arrêter.

— Ah! ah! s'écria le bandit en roulant des
yeux terribles : vous arrêtez un coupable, et l'autre
se prélasse sur de moelleux coussins. Qu'il y prenne
garde! si on touche un seul de mes cheveux, je dirai
son nom. Oui, je le nommerai, et alors.... Il vaudrait
mieux pour lui qu'il fût au fond des eaux de Souakim.... Parlez! que me voulez-vous?

— Te conduire au palais du gouverneur.

— Dites que vous ne m'avez pas trouvé, kawas.
Je vous récompenserai comme un sultan. Ma maison
de Sonakim regorge de richesses ; vous y prendrez
tout ce que vous voudrez, si vous me laissez fuir.

— Nous ne voulons pas exposer nos têtes ; du reste, tu ne pourrais pas t'échapper : Souakim et Gef sont surveillés. »

Sur un signe du chef, les kawas l'emportèrent sur leurs épaules.

Enfermé dans un étroit cachot, il eut le temps de réfléchir au sort qui l'attendait. Mais comme il ne savait pas les crimes que l'on avait découverts, il lui était impossible de préparer sa défense. Combien aurait-il donné pour voir le cadi quelques instants ! Il était bien convaincu que celui-ci, dans l'intérêt de sa propre sécurité, le laisserait sortir de prison. Mais comment l'en avertir ?

Le gouverneur se chargea lui-même de le tirer d'embarras en lui faisant dire que le lendemain le cadi Gigra lui ferait subir un interrogatoire.

A cette pensée, le cœur du bandit déborda de joie ; l'avenir lui apparut sous les plus belles couleurs, et aussitôt il imagina un plan pour retrouver ses richesses. Ce plan le fit sourire. Une fois libre, il profiterait d'une heure où Gigra serait au tribunal, et il irait visiter sa villa. Il en connaissait tous les secrets, savait où étaient entassés les trésors du cadi, avait ses entrées libres dans toutes les chambres, et il lui était facile de tout enlever sans éveiller les soupçons des serviteurs qui voyaient leur maître lui donner sa confiance. Plus riche que jamais, il partait pour les Indes et vivait dans le luxe et l'abondance.

L'idée de ce plan qui, selon lui, devait forcément réussir, le mit en joyeuse humeur, et il attendit sans trop d'impatience l'heure de l'interrogatoire.

Mais dans la salle d'audience, on avait pris des précautions qu'il ne soupçonnait pas. Le gouverneur s'était enfermé dans une chambre voisine avec des témoins, et pouvait entendre facilement chaque parole de la conversation du cadi et de l'accusé.

Gigra se sentait bien disposé en entrant au tribunal : il pensait avoir trouvé un moyen sûr de briser la volonté de Betsi. Souriant, il se laissa glisser sur le divan et fit allumer son narghilleh. Pendant qn'il s'amusait à suivre les spirales bleues de la fumée, on amena Néleh dans la cage grillée. Mais le cadi, ignorant le nom du prisonnier, ne daigna pas lever les yeux en interrompant les rêves heureux de l'avenir. Même lorsque le secrétaire du gouverneur se présenta pour déposer sur la table la liste des accusations portées contre le criminel, le cadi ne se leva qu'à demi, et quand il se retrouva seul, il murmura à demi-voix :

« Si la place n'était pas si lucrative, je donnerais ma démission pour vivre en paix dans ma maison de campagne. Mais patience ! encore quelques années, et je serai riche comme un pacha.

— Tu as de belles pensées, ricana Néleh derrière ses grilles ; mais celui qui, par hasard, est cadi, ne devrait pas les exprimer. »

Surpris, Gigra se leva du divan comme mû par un ressort et s'élança vers la grille : il était livide et ses mains tremblaient d'effroi.

« Pas de trouble, continua Néleh ; il vaut mieux songer au moyen de me tirer de cette cage.

— Mais comment te trouves-tu là ? demanda le cadi encore tout ému.

— Oh ! je suis sûr que ce n'est pas sur tes instances, car je sais combien tu t'intéresses à ma liberté.

— Sur les instances de qui, alors ?

— Je ne le sais pas exactement, mais je crois que le gouverneur a désiré voir de près ma personne.

— Le gouverneur ? ce serait une mauvaise affaire.

— Pourquoi ? dit Néleh, je ne vois pas ce qui peut nous inquiéter ; toute la question est de me remettre en liberté.

— Mais c'est très difficile : le gouverneur ne plaisante pas, et fait étroitement surveiller celui qu'il soupçonne.

— Et cependant il faut que je sorte d'ici, et cette nuit même, riposta Néleh. Aiguise ton esprit pour en trouver le moyen. Il me semble que le vieux est encore le meilleur : tu me déclares libre en me faisant chasser.

— Mon ami, c'est impossible, on ne peut pas lui jouer une comédie.

— Alors donne au geôlier l'ordre de me laisser échapper.

— Cet homme est trop fidèle et trop loyal; il ne laisserait pas fuir sa mère.

— Eh bien, fais-moi enfermer dans la partie de la maison dont les portes s'ouvrent facilement.

— Cela pourrait éveiller l'attention.

— Par le Prophète ! tu es devenu bien prudent, s'écria Néleh ; je te répète que je veux être libre cette nuit : c'est dans ton intérêt, si tu veux empocher une belle somme. »

Le cadi se croisa les bras sur la poitrine et se promena dans la chambre, le front pensif.

« As-tu trouvé? demanda Néleh. Comment le juge et l'accusé pourront-ils échapper aux mains du gouverneur ?

— On dirait que tu menaces ! dit Gigra.

— Sans doute, et je t'assure que si l'on me touche du doigt, mon complice partagera mon sort. Je n'aurais jamais eu tant d'audace, si je n'avais été assuré de ta protection. C'est toi qui m'as poussé aux plus grands crimes, et les cadavres du caveau des morts sont à ton compte.

— Ce n'est pas vrai, protesta Gigra, je n'ai tué personne.

— Non, tu n'as pas frappé du poignard, mais tu m'as encouragé et tu te moquais de ma lâcheté. Si je vois que ma tête est en jeu, je conduirai le gouverneur au caveau, et je lui dirai : « Voilà les victimes que j'ai sacrifiées à la volonté de ton cadi. »

Gigra perdit toute contenance : il sentait déjà le glaive sur son cou.

« Tu es terrible, Nèleh ! est-ce donc la récompense de mon indulgence et de mon aide ?

— Ta récompense est dans tes tiroirs, et tu as partagé avec moi jusqu'à la dernière piastre. »

Tout à coup le cadi eut une idée.

« Ta prison se trouve-t-elle au rez-de-chaussée ?

— Oui, mais elle est garnie de barres de fer grosses comme le bras, et une sentinelle se promène devant la porte. »

Gigra courut à une armoire et en prit un marteau solide, preuve de conviction dans un ancien crime.

« Cache ceci, lui dit-il : avec cet instrument, tu pourras faire un trou dans les murs de ta prison.

— C'est déjà quelque chose, mais l'on me cherchera : il me faut donc un asile où je puisse me cacher.

Sur un signe du chef, les kawas l'emportèrent sur leurs épaules.
(p. 168.)

« — Tu retourneras à ton sambuk et tu gagneras le large.

— Je m'en garderai bien ; je connais une cachette plus sûre. On ne viendra pas me chercher dans la maison du cadi de Souakim. Ainsi, demain je déjeunerai chez toi : la nourriture de la prison ne me va pas ; c'est une affaire entendue. Ensuite, le jour de ma fuite, ma maison n'aura plus de valeur pour moi, et je ne pourrai plus revenir ici de sitôt : je pense donc que tu m'en paieras le prix qu'elle m'a coûté. »

Le cadi haussa les épaules.

« Tu hésites ? ricana Néleh ; tu ne veux cependant pas qu'elle tombe entre des mains étrangères ? Supposons qu'elle soit achetée par un honnête homme et qu'il découvre le caveau des morts et d'autres mystères ! peut-être arriverait-il jusqu'à un certain Gigra. Que dis-tu de cette perspective ? »

Le cadi était très embarrassé et finit par promettre tout ce que Néleh voulut.

« Quand je l'aurai dans ma maison, pensait-il, je trouverai bien un moyen pour le mettre hors de mon chemin. Il y a à Souakim assez de gens qui, pour une bourse d'écus de Marie-Thérèse, seront disposés à lui faire sentir leur poignard, et le poison dans du vin sait aussi rendre les langues silencieuses. »

Ainsi les deux scélérats formaient des plans l'un contre l'autre, et chacun était satisfait de sa ruse.

« Nous allons terminer l'interrogatoire, » reprit le cadi.

Il frappa dans ses mains et l'on reconduisit l'accusé en prison, tandis que Gigra reprenait le chemin de Gef et que le gouverneur retournait dans ses appartements.

Mais Néleh, à son grand dépit, fut enfermé dans un cachot du troisième étage, les mains et les pieds solidement attachés.

« Malédiction ! murmura-t-il. Le cadi joue le rôle de traître, et finalement ce sera moi qui paierai pour les deux. Cet infâme scélérat saura trouver un moyen pour se disculper et me faire trancher la tête. Il connaît le danger qui le menace ; il peut me faire étrangler en prison et s'emparer de toutes mes richesses. Peut-être même est-il d'accord avec le gouverneur ! Comment aurait-on autrement découvert ma piste ? »

X

Justice.

« Il viendra cette nuit, se disait le cadi en rentrant chez lui ; je l'aurai en mon pouvoir, et le danger sera passé ; il ne verra pas le lever du soleil. C'est dommage ; il me faudra longtemps pour retrouver un rusé compère comme lui. »

Dans la joie d'être le lendemain délivré de toute inquiétude, il monta l'escalier de la véranda pour menacer Betsi de la mort de ses parents.

« Seigneur, répondit tranquillement celle-ci, le délai que vous avez fixé vous-même n'est pas encore passé. »

Pendant qu'il était en haut, le gouverneur arrivait à la tête de nombreux kawas, faisait garder toutes les avenues et demandait le cadi. Ce dernier, averti par l'esclave Mirza, ne pouvait s'expliquer cette visite ;

12

mais, reprenant son sang-froid, il descendit pour sou-
haiter la bienvenue :

« Tu dois être étonné de me voir dans ta maison,
lui dit le gouverneur ; mais j'ai tellement entendu
parler de sa beauté et de ses richesses que j'ai
voulu me convaincre si tous les bruits sont vrais.
Réellement, on n'a pas menti ; tu es logé comme
un pacha. »

Gigra, trompé par l'amabilité de son supérieur,
se sentit flatté de ses compliments et le pria d'accepter des rafraîchissements.

« Avant de nous mettre à table, dit le gouverneur, montre-moi tes chambres et tes trésors. Ouvre
ce bahut. »

L'armoire renfermait des pièces d'orfèvrerie que
Gigra eût préféré ne pas montrer ; néanmoins, il fit
bonne contenance pour ne pas éveiller l'attention.

« Seigneur, dit-il en se confondant en révérences,
la plupart de ces objets me viennent de mon père ;
les autres, je les ai acquis par une sage économie.
Mais tout vous appartient ; prenez ce que vous désirez, je serai trop heureux de pouvoir vous en faire
cadeau. »

Ainsi parlaient ses lèvres ; mais son cœur mau-
dissait la visite importune du gouverneur qui désira
parcourir tous les appartements pour en admirer le
luxe et l'élégance. Le cadi voulut passer devant celui

de Betsi; mais Son Altesse exigea qu'on l'ouvrît comme les autres, et Mirza, qui avait enlevé la clef, accourut en tremblant. Betsi sanglotait sur le divan.

« Qui est cette jeune fille? » demanda le gouverneur.

Gigra eut un regard menaçant.

« C'est une de mes esclaves, dit-il; elle s'est rendue coupable d'un méfait. Mais ne l'honorez pas de votre intérêt; elle n'en est pas digne. »

Cependant Betsi avait reconnu le visiteur, et au risque d'être maltraitée plus tard, elle se jeta à ses pieds.

« Je sais, dit-elle en pleurs, que tu protèges l'innocence; ton désir de la justice est connu même des nomades des montagnes. Viens à mon aide, seigneur, car je ne suis pas son esclave; il m'a arrachée de force aux bras de mes parents, et les a jetés eux-mêmes dans une prison souterraine.

— Pourquoi a-t-il agi ainsi? demanda le gouverneur avec bonté.

— Il veut me forcer à devenir sa femme, et me menace de mettre à mort mes parents, si je refuse plus longtemps.

— Et tu as méprisé ses ordres? Mais tu serais une femme riche et considérée.

— La femme d'un infâme scélérat, plutôt, s'écria Betsi avec assurance. Ce cadi est le fléau du pays, et ses crimes sont aussi nombreux que les grains de sable de la mer. Oh! je t'en supplie, sauve-moi, sauve-moi des mains de ce monstre!

— Que dis-tu de ces accusations? dit le gouverneur à Gigra.

— N'écoutez pas cette folle, seigneur, répondit celui-ci; elle a souvent des moments où elle ne sait plus ce qu'elle dit, et m'accuse de tous les forfaits imaginables. Il faut avoir pitié d'elle; c'est une pauvre créature que l'on doit traiter avec beaucoup de patience. »

Le gouverneur garda le silence et redescendit.

« Où sont les parents de Betsi? reprit-il en s'asseyant sur un divan; fais-les venir, et je parlerai pour toi. »

Enchanté de tant de bienveillance, Gigra fit venir les prisonniers, qui racontèrent en tremblant ce qui s'était passé.

« Ne les écoutez pas, seigneur; ils ont perdu la tête.

— Ta maison renferme trop d'insensés, répliqua le gouverneur; je crains qu'ils ne te fassent du mal. Maintenant que j'ai vu ta villa, il vaut mieux que tu manges au palais. Viens, j'ai pris soin d'avoir une bonne escorte. »

Sur un signe, tous les kawas accoururent. Gigra devint blême.

« Ces gens ne te plaisent pas? continua le gouverneur; mais j'ai été obligé de les prendre avec
moi. Il court sur toi les bruits les plus étranges. On
dit que les perles et les pierres précieuses que tu
possèdes proviennent d'une série de sentences injustes. Un certain Néleh (puisse Allah le châtier de
ses forfaits!) t'accuse même d'avoir participé à ses
vols et à ses brigandages. J'espère que tu pourras
te disculper et confondre tes ennemis, qui prétendent
que ce scélérat, sur tes instigations, a commis des
meurtres dans son magasin. »

Le cadi, consterné, se jeta à genoux; peu s'en
fallut qu'il ne tombât sans connaissance.

« Sans doute, continua le gouverneur, ce sont
des calomnies, et je n'en finirais pas, si je voulais
te raconter tout ce que j'ai appris. Partons! » com-
manda-t-il en donnant à un kawas l'ordre de mettre
en liberté Betsi et ses parents.

En apercevant le cadi au milieu des gardes, les
habitants de Souakim se précipitèrent dans la rue,
en proie au plus vif étonnement. Tout en se réjouis-
sant de voir ce misérable entre les mains de la
justice, chacun se demandait pourquoi on l'arrêtait,
et l'on faisait les suppositions les plus extravagantes.

Lorsqu'on fut arrivé à la maison du crime, le
gouverneur recommanda le calme à la foule assem-
blée et entra avec le cadi qui tremblait de tous

ses membres. Celui-ci, en mettant le pied sur le seuil, comprit qu'il était perdu.

Son interrogatoire commença aussitôt ; mais il ne donna que des réponses évasives, persuadé que Néleh ayant pu prendre la fuite, ne deviendrait pas son accusateur.

« Tes excuses et tes mensonges ne te sauveront pas, dit le gouverneur d'un ton sévère. Les cadavres étendus dans le caveau crient vers Allah et demandent vengeance. Ce que tu n'avoueras pas de plein gré sera prouvé par des témoins.

— Seigneur, répondit Gigra, malgré les témoignages que pourront apporter mes ennemis, je suis innocent. Peut-être me suis-je permis quelquefois de légères exactions, mais j'ai suivi l'exemple de mes prédécesseurs qui n'en ont jamais été punis. »

Le gouverneur lui jeta un regard de mépris et sortit pour attendre l'autre prisonnier qu'on emmena dans la cuisine auprès d'Abdel-Nadir : on les laissa seuls.

« Que fais-tu ici, paresseux ? lui dit Néleh qui ne se savait pas observé. C'est ta négligence qui m'a fait tomber dans les chaînes.

— Ce n'est point la paresse qui me retient ici, mais la douleur, soupira le blessé. Vois : j'ai la main mutilée, la jambe cassée, et toi seul es la cause de mes souffrances : tu m'as envoyé ici au péril de ma vie. Si tu es pris et enchaîné, c'est justice. »

En entendant un pareil langage de la bouche d'un de ses subordonnés, Néleh écumait de fureur ; cependant il se retint.

« Tout espoir n'est pas perdu, dit-il ; défais mes liens : il y a dans le caveau des issues secrètes. Dès que je serai libre, je te sauverai et tu ne te repentiras pas de m'avoir aidé.

— Comment pourrais-je te secourir ? ne vois-tu pas que je suis privé de l'usage de mes mains ?

— Tu en as une qui n'est pas malade. Dépêche-toi, avant qu'il ne soit trop tard. Les bourreaux ne me laisseront qu'un instant de liberté : il faut en faire son profit.

— Tes paroles sont inutiles : je ne t'aiderai pas. C'est toi qui m'as jeté dans le malheur, et j'en suis châtié. Quand on m'interrogera, je dirai tout ce que je sais. »

Néleh haussa les épaules.

« Que sait-on ? » demanda-t-il.

En ce moment le gouverneur entra, suivi de quelques kawas.

« Enfin, dit-il, nous tenons celui qui était la terreur de la mer Noire. Tu voulais essayer de fuir ce soir et tu portes sur toi un marteau. Donne-le : il est inutile. »

Le brigand le regarda tout surpris : il n'avait montré cet instrument à personne. Qui avait pu le trahir ?

« Je connais tous tes crimes, continua le gouverneur, tes vols, tes meurtres ; les victimes de ton avarice sont ici dans un caveau, et ces jours derniers tu as encore dupé Aglas et ses compagnons. On rendra une sentence terrible, et Souakim sera témoin d'un jugement qui épouvantera tous les autres scélérats.

— Seigneur, répondit Néleh payant d'audace, je suis en ton pouvoir et je ne puis rien faire pour y échapper, mais tu m'accuses de crimes que j'ignore. Je suis un honnête homme qui n'ai jamais commis d'actions répréhensibles. N'ajoute pas foi aux mauvaises langues : elles ont des motifs pour accuser un innocent afin de se soustraire elles-mêmes au châtiment. Ce ne serait pas la première fois qu'un innocent serait condamné : on ne peut compter les victimes que la méchanceté des témoins a fait mourir.

— Tu ne veux donc pas avouer ?

— Je ne puis avouer ce que je n'ai pas commis.

— Kawas ! cria le gouverneur, portez cet homme où je vous ai dit. »

Les gardes le traînèrent à l'ouverture du caveau et l'y descendirent avec des cordes.

Glacé d'horreur, Néleh poussait des cris épouvantables qui parvenaient jusqu'à la multitude. Son corps touchait les ossements de ses victimes : ses yeux terrifiés par des visions effrayantes sortaient de leurs orbites : il croyait voir tous ces cadavres se dresser devant lui, prêts à le déchirer.

« Sortez-moi d'ici, hurlait-il, j'avouerai tout : le glaive peut faire tomber ma tête, mais je ne veux pas vivre avec ces spectres.

— As-tu assassiné tous ceux qui sont là?

— Oui! je les ai attirés chez moi sous différents prétextes; je les ai dépouillés et tués.

— Quels sont leurs noms? »

Le brigand nomma une foule de personnes qui depuis longtemps avaient disparu d'une manière inexplicable.

Le gouverneur ordonna de le retirer.

Néleh à moitié mort tomba évanoui sur le parquet entouré des kawas, des Européens et de l'équipage d'Aglas.

Quand il revint à lui, le gouverneur lui demanda d'avouer ses autres crimes.

« Faut-il donc que je devienne mon propre accusateur? gémit-il en tremblant.

— Si tu ne veux pas, je te ferai descendre une seconde fois dans le caveau : tu y passeras la nuit. »

Cette menace lui délia la langue et il découvrit une foule d'attentats abominables que l'on n'eût jamais pu connaître sans ses aveux.

« Seigneur, continua-t-il, je sais que je dois mourir, mais je n'irai pas seul à l'échafaud. Il en est un autre qui est encore plus coupable. J'avoue que dès mon enfance, j'ai été un voleur, mais je ne prenais que des bagatelles. Plus tard j'ai trouvé un maître et un complice. C'est lui qui me désignait les personnes que je devais attirer, lui qui me fournissait les occasions favorables : il se moquait de ma lâcheté et m'encourageait au meurtre. Tous ceux qui sont là-bas, je les ai assassinés, mais c'est sur ses instigations.

— Et quel est ce scélérat?

— Celui qui rend la justice à Souakim, le cadi Gigra.

— Ainsi tu accuses le cadi de complicité?

— Oui, je l'accuse. Sans lui je ne serais jamais devenu un meurtrier. Si tu vas dans sa maison, tu y trouveras encore trois personnes qu'il a privées de la liberté. Il le niera, mais on aura suffisamment des témoins quand il ne sera plus à craindre.

— Es-tu prêt à répéter tout ce que tu viens de dire quand tu seras en face de lui?

— Je suis prêt. »

Le gouverneur fit un signe et l'on amena Gigra. Celui-ci, en apercevant Néleh, resta muet d'étonnement. Il sentit que la partie était perdue si un hasard inespéré ne venait le tirer d'embarras. Aussi en clignant les yeux, il fit comprendre à son complice qu'il fallait se renfermer dans un silence obstiné.

« Non, non, s'écria le bandit, pas de silence : les hommes vont connaître ta scélératesse. On nous verra marcher tous deux à la mort.

— J'ai vu cet homme pour la première fois dans l'interrogatoire, dit le cadi au gouverneur; j'ai deviné ses ruses et sa méchanceté, et l'ai engagé à se réconcilier avec Allah, parce qu'on ne pouvait pas le sauver. Alors il m'a offert d'immenses richesses, si je le laissais s'échapper. J'ai repoussé ses propositions avec mépris et il a juré ma perte en menaçant de me faire passer pour le complice de ses crimes. Vous voyez qu'il tient parole; mais j'ai la ferme confiance que les paroles de haine d'un meurtrier ne pourront pas ternir l'honorabilité d'un homme digne de foi.

— Les honnêtes gens trouvent partout respect et protection, reprit le gouverneur. Si tu dis vrai, tu te justifieras facilement. Ce soir au coucher du soleil, j'assemblerai le tribunal et nous entendrons les témoins.

— Comment! s'écria Gigra : vous n'avez cependant pas l'intention d'humilier le cadi en le faisant comparaître comme un vulgaire malfaiteur ? »

Le gouverneur ne lui répondit rien et donna l'ordre de conduire les deux prisonniers dans un appartement du palais jusqu'au moment de l'audience.

Le soleil n'avait pas encore lancé ses derniers rayons sur le port que les rues de Souakim fourmillaient de curieux. Chacun voulait voir le cadi et entendre l'histoire de ses crimes. Mirza elle-même quitta Gef : son témoignage pouvait être important, car elle devait connaître bien des particularités que le cadi croyait ensevelies dans le plus profond mystère.

Mais avant de franchir le seuil de la villa, elle se retourna pour contempler encore cette demeure luxueuse et le magnifique jardin qui l'entourait, et, poussant un soupir, elle murmura.

« Lorsqu'il vint ici, il n'y avait qu'une misérable cabane qu'il acheta pour quelques piastres. On l'accueillit avec des cris de joie, et comme il était pauvre, les habitants le pourvurent du nécessaire, espérant qu'il serait un cadi aussi bon, aussi bienveillant que son prédécesseur. Pendant quelque temps il vécut dans la chaumière, en luttant contre l'indigence, mais bientôt la cabane se remplit d'orfévrerie et se transforma peu à peu en cette belle villa où il vivait en seigneur. A quoi cela lui a-t-il servi? sa vie est terminée ! »

Et jetant un dernier regard sur la propriété, elle s'éloigna pour se rendre au palais de justice.

A l'heure fixée pour l'audience, le gouverneur se leva et fit lire l'acte d'accusation. Cette lecture épouvanta les assistants qui sentirent leur sang se glacer dans leurs veines.

« Qu'as-tu à dire pour ta défense? demanda le juge à Néleh.

— Je me reconnais coupable de tous les crimes que l'on vient d'énumérer, mais j'ai un complice dont la puissance m'assurait l'impunité.

— Quel est ce complice?

— Celui qui, comme moi, est assis enchaîné sur ce banc, le cadi Gigra.

— Cadi, tu entends l'accusation; que peux-tu répondre !

— Tout ce qu'il dit n'est que mensonge. Mes mains sont pures du bien d'autrui et du sang de mes semblables. »

A ces mots, le gouverneur fit appeler les témoins. Ils arrivèrent en foule.

Les débats durèrent jusqu'à la nuit. Gigra fut convaincu de complicité et de meurtre, et les deux scélérats condamnés à mort.

Cette sentence fut saluée par les applaudissements de la multitude. On se félicitait mutuellement de voir que la justice allait enfin délivrer le pays de ces deux fléaux qui pendant si longtemps avait été la terreur de toute la contrée.

Le lendemain, à l'entrée du bazar, la foule se pressait en rangs serrés autour d'une place où s'élevait l'échafaud. Un nègre aux membres robustes, revêtu d'écarlate, appuyé sur un glaive, attendait ses victimes.

Les kawas s'ouvrirent un chemin avec leurs lances au milieu de la foule qui se referma derrière les condamnés.

Néleh était abattu, mais résigné à son sort; Gigra, au contraire se débattait aux mains des kawas et cherchait une issue pour s'échapper.

Le gouverneur fit lire une seconde fois le jugement; sur un signe, la tête de Néleb vola sur l'échafaud.

Gigra poussa un cri épouvantable.

« Prends tout ce que j'ai, hurlait-il, mais ne me tue pas.

— Aucune puissance humaine ne peut te sauver, » lui répondit le gouverneur.

Et le bourreau remplit son sinistre office.

La foule s'écoula silencieuse. Les cadavres furent portés dans le caveau des morts par les kawas, tandis que le secrétaire du palais se préparait à restituer aux propriétaires les objets volés.

La villa du cadi devint la propriété de la ville de Souakim; Betsi reçut une somme suffisante pour être, avec ses parents, à l'abri de la misère. Aglas fut remis en possession de ses perles et Abdel-Nadir toucha la récompense promise, mais il n'en jouit pas longtemps; il mourut de ses blessures.

Van Steen et Snowdon, après avoir rendu justice au capitaine, continuèrent leur voyage.

FIN

TABLE

— Lille. Typ. A. Taffin-Lefort. 1894. —

Original en couleur

NF Z 43-120-8